悪役令嬢の双子の弟

なぜか攻略対象にモテモテです

愁堂れな
SHUHDOH RENA

CONTENTS

5
悪役令嬢の双子の弟　なぜか攻略対象にモテモテです

262
あとがき

イラスト

サマミヤアカザ

デザイン

コガモデザイン

悪役令嬢の双子の弟

なぜか攻略対象にモテモテです

1

「危ない！」

叫んだと同時に身体が動いていた。自分の運動神経はいいほうではないと思っていたが、いざというときにはちゃんと身体が動くんだな——なんて自画自賛するような余裕は当然ながらなかったけれども。

好きな人が、目の前でトラックに轢かれようとしている。なんとか彼女を助けたいという願望が、奇跡的に僕の身体を動かしてくれたのだろう。

思いっきり彼女を——真利愛を突き飛ばすことは無事にできた。が、そこまでだった。トラックの運転手が必死でブレーキを踏む引き攣った顔を視界の端で捉えた次の瞬間、物凄い衝撃を受け、身体が吹っ飛ぶ。

激痛は一瞬だった。地面に叩きつけられるまでの短い間に、まさに走馬灯の如く今までの人生が巡り、次第に意識が遠のいていく。

ああ、僕は死ぬ。思いの外、短い人生だった。

「朝也！」

遠くで僕の名を呼ぶ男の声が聞こえた気がするが、幻聴だろう。だって周囲には真利愛以外、誰もいなかったから。

真利愛は僕に突き飛ばされたせいで怪我などしていないといいのだがと案じたのを最後に、僕の意識は失われた――はずだった。

「織田朝也さん」

すぐ頭の上で僕の名を、しかもフルネームを呼ぶ女性の声がする。

随分と長く眠っていたような気もするし、ほんの一瞬だったようにも感じられる。この声の主は天使だろうか。それとも神様？　特定の宗教は持っていないが、ここは日本だから阿弥陀様とか、和物の神様――じゃない、仏様だろうか。

「ぶつぶつ一人で呟いていないで、早く目を開けなさい」

鈴の音のごとき美しい声音が苛立った口調となる。怒らせてしまった。神様か仏様を、と僕は焦って目を開き――目の前に立つ美しい女性に見惚れてしまったのだった。

「うわあ……」

口をぽかんと開けてしまっていたことに気づいたのは、その女性にくすりと笑われたからだ。

「す、すみません……っ」

女神様。その単語がぴったりくる。まさに神話の世界から飛び出してきたような美しさだ。

プラチナブロンドの長い髪といい、大きな青い瞳といい、薄紅色の唇といい、まさに『美』そのものである。しかも身に纏っているのは白く輝く布のドレープがたっぷり入った衣装で、この美しさといい、出で立ちといい、女神様以外考えられないだろうと思わず凝視してしまう。

「そうも褒められるとさすがに面映いですね」

女神様に苦笑され、口に出さずとも考えていることは全て筒抜けなのかと気づいた。

「あ、あの！」

お姿を凝視した上で描写しようとするなど、失礼だっただろうか。でも本当に綺麗だと思ったので、と、なんとかフォローしようとした僕に女神がにっこりと微笑み、口を開く。

「私は運命の女神フォルタナ。別に怒ってはいませんので、まずは落ち着いて私の話を聞いてもらえますか？」

「は、はい」

返事をしながら僕は、これは夢だろうかと密かに首を傾げた。

「夢ではありません。残念ながらあなたは死んだのです」

溜め息まじりにフォルタナがそう告げ、僕をじっと見つめてくる。

「死んだ……」

改めて言われると、じわじわと実感が湧いてきた。

両親はさぞショックだろう。決して多くはないけれど、友人たちも驚くに違いない。

ああ、しまった。今日は寝坊したので慌てて家を出てしまった。洗い物もシンクに残したままだ。普段は夜のうちに洗っておくのだが、このところの深夜残業続きで昨夜はその気力がなかったのだ。

死ぬとわかっていればもうちょっと――と、後悔真っ只中にいた僕の耳に、フォルタナの不機嫌な声が響く。

「だから。まずは私の話を聞きなさい」

「す、すみません……っ」

そうだ。彼女は頭の中を読むのだった。あれ？『彼女』でいいのかな。神様に『彼』とか『彼女』とかはなんだかしっくりこない。やはり『女神様』だろうか――と、そこに、またしても、

「だから……っ」

とより苛立った女神の声が響いた。

「あなたは実際に人と向かい合うときには口数が少ないのに、頭の中がやかましすぎます。足して二で割るくらいがちょうどいいのでは？」

「おっしゃるとおりです……」

上手く自分の考えを伝えたいのに、口下手な上に内向的な性格をしているために、何も喋れなくなってしまう。性格のせいにしてはいけないとは勿論わかっているのだけれど、どうしても目の前にいる相手の表情が気になる。いわゆるコミュ障というやつなのだ。

なかなか言葉が出ないでいる僕を前にした相手が次第に苛立ってくるのがわかるともう、更にプレッシャーを感じてしまって――。

「だから」

それこそ苛立った声が響き、はっと我に返る。またやってしまった、と深く反省していると、フォルタナは、やれやれ、というように溜め息をついたあと、にっこりとそれは優しく微笑んだ。

「安心してください。喋らずともあなたの気持ちはわかっていますから」

「あ……りがとうございます……！」

皆が女神様のような能力を持っていればよかったのに。自然と過去形にしてしまっていたことにふと気づき、ああ、死んだんだなと実感した。

「理解が早いのはあなたの美点の一つですね。他にもたくさんいいところがあります。何よりあなたは善人です」

またも心を読んだらしいフォルタナが、しみじみとした口調でそう告げ、じっと僕を見つめてくる。

「そんな……」

悪人とは思っていないが、言われるほど善人だろうか。悪いことはしていないけれど、善行を施しているかとなると疑問だ。

誇れるのは信号は必ず守ることくらいかな――と、また僕の心を読んだらしいフォルタナが眉を顰めたのを見て、しまった、と思考を気力でシャットダウンしようと試みた。

「それでいいのです。さて、それではまずは確認を」

そう言ったかと思うとフォルタナが僕に問いを発し始めた。

「織田朝也さんで間違いないですね？」

「はい」

「年齢は二十五歳、一昨年K大学を卒業し、今はN社というゲーム会社に勤務している」

「そのとおりです」

「配属部署は制作部。大学時代にあなた主催のゲームサークルで開発していたうちの一本を今般商業化することになり、最近は徹夜が続いていた」

「凄い……」

一から十まで正解だ、とつい感嘆の声を上げてしまった僕にフォルタナがなんともいえない視線を向けてきたあと、

「それでは次に……」

と咳払いをし、今までより少し深刻っぽい口調で話し始めた。

「謝罪をさせていただきます」

「え？」

謝罪？　と首を傾げた僕になんと、フォルタナが深く頭を下げてくる。

「申し訳ないことをしました」

「あ、頭を上げてください!!」

女神様に頭を下げさせるなんてバチが当たるんじゃなかろうか。慌てて声をかけた僕の前でフォルタナはすっと顔を上げると、また、やれやれというように溜め息を漏らした。

「……一体誰がバチを当てるというんです？　申し訳ないという私の気持ちをどうして大人しく受け取ってくれないのですか」

「も、申し訳ありません……っ」

今度は僕が謝罪をする番だった。謝罪の気持ちを受け取らないなんて、そんな意図はなかった。誤解です、と慌てて釈明しようとするが、上手く言葉が出てこない。

幸い、言わずとも気持ちを察してくれるフォルタナゆえ、それ以上誤解されることなく、

「いいから話を聞きなさい」

と、溜め息混じりに告げられる。あ、そうだ。そもそも誤解はされないんだった、と、今更の安堵(あんど)をした僕を、余計なことを考えるなとじろりと睨(にら)むと、フォルタナが『謝罪』の内容を告げ始めた。

「そもそも、死ぬのはあなたではなかったのです。いわばあなたは誤って命を失ってしまったのでした」

「誤って⁉　あの、もしかして……」

僕は真利愛を庇って、代わりにトラックに轢かれて死んだ。となると、本来死ぬはずだったのは真利愛ということではないか。

「そのとおりです」

確認するより前に答えられ、それなら、と僕はフォルタナに、誤りではない、と首を横に振ることで伝えようとした。

真利愛を死なせたくないと強く願った僕が、勝手にトラックの前に飛び出したのだ。死んだのは間違いでもなんでもなく、自分で選んだことだ――はさすがに言い過ぎか。ああ、そうだ、まさに自業自得。これだ。なので間違いではないのです。この思いも読んでもらえないかとフォルタナを見る。

「不精しないで言葉にしなさい」

「す、すみません！」

怒られたことでぎょっとし、慌てて謝る。

「余計なことに時間を取られている暇はないんです。黙って謝罪を受け入れ、これからについての説明を聞きなさい」

フォルタナはそう言うと、僕の返事を待たず、早口と言っていいほどの速度で話を始めた。

「とにかく、死ぬのはあなたの同僚である小峰真利愛のはずでした。彼女には異世界に転生してもらい、そこでの生を全うすることで学びを得てほしいと願っていたのです。しかしあなたが彼女を救ってしまったため、それもかなわなくなりました」

「……申し訳ありません……」

余計なことをしたと怒られているのはわかる。だが、死なせたくなかったのだ。好きな相手の命の危機を、何もせずにただ見ていることなどできるはずがない。特別好きな相手でなくても、なんとか救いたいと願う。だってにんげんだもの。

「みつをはともかく」

「す、すみません……っ」

女神に知らないことはなさそうだとツッコミを受け実感する。また話が進まないと怒られそうな気配を察し顔を伏せていた僕の前で再びフォルタナが喋り出した。

「とはいえ既に転生の準備を整えてしまっていたので、中止はできない状況です。なのであなたには彼女の代わりに転生をしてもらいます」

「なんと！」

水鳥拳（すいちょうけん）、ではなく——浮かれるあまりつい、オタク全開となってしまった——異世界転生ができるなんて！　自然と顔が笑い、心が浮き立つ気持ちとなるのは、まさにこれぞゲームの世界！　と思ったからだ。

何を隠そう、いや、全く隠してはいないのだけれど、僕は子供の頃からゲームオタクで、好きが高じて大学時代からサークルを主催して制作を始め、ネットで公開したそれが認められて今の会社に就職したのだ。

このところ徹夜が続いていたのも、間もなくゲームのリリース日だからだった。先程フォルタナが言ったとおり、僕が大学時代から作っていたゲームを会社が気に入ってくれ、商業化が決まったのである。

今作っているのは魔法の使えるファンタジーものだが、次に作りたいのは異世界転生ものだった。現代の日本人が飼い犬と一緒に異世界に転生してその国を救うというストーリーで、子供の頃に飼っていた柴犬の『謙信』をモデルにしようと考えていた。言うまでもなく名前は上杉謙信からいただいた。歴史上の人物としてではなくゲームキャラからだが。と、話が逸れてしまった。

とにかく謙信の活躍シーンを作るのが今から楽しみで仕方がない。ああ、でも、もう、作ることはできないんだった。しかし落ち込んでいる場合ではない。その異世界転生を自分がこれからするという。まさにゲームオタクの夢じゃないか、と心弾ませていた僕を更に喜ばせることをフォルタナは告げてくれた。

「全く違う世界への転生だと苦労するでしょうから、あなたのよく知る……今、あなたが作っているゲームの世界に転生させてあげましょう」

「本当ですか!! ありがとうございます！」

それは嬉しすぎる！　自分が作ったゲームならストーリーから隠しアイテムからステイタスの上げ方から全て頭に入っている。しかも『今』となると記憶も鮮明だ。

僕は誰に転生するんだろう。主要人物かはたまたモブか。どっちにしろ自分の作ったゲームの世界をこの目で見ることができるなんて、本当に夢のようだ、と我ながら満面の笑みで礼を言った僕を見て、フォルタナがなぜか申し訳なさそうな顔になる。

「……その転生するキャラクターなのですが、元々、その世界に行くはずだった小峰真利愛と同じ立ち位置の人物の予定でした……が、あなたは女性ではありませんので、今、アンマッチ状態となってしまっているのです」

「……えっと……え……？」

アンマッチとは。状況を把握できなかった僕に構わず、フォルタナが話を続ける。

「キャラクターの性別は変更できないようです。なので急遽、ゲームの世界にあなたの居場所を作るべく、真利愛が転生予定だった人物には双子の弟がいるという設定に変更しました。いわば私が新キャラクターを作成したのです……製作者の意図に反する行為だとは重々分かっていますが、こうした事情があったためと、寛容な心で受け止めてください」

「えっと、いえ、そんな」

そもそも商業化が決まった時点で、色々変更となっており、中には正直受け入れ難い変更もあった。しかしこんなふうに謝られたことはなかった。女神様なのに本当に腰が低い、と感動していた僕にフォルタナが言葉を続ける。

「顔貌まで勝手に作るのは申し訳ないと思い、姉と同じ顔にしています。現実には男女の双子は同じ顔にはなりませんが、創作の世界ではそうしたケースが多いとのことなので」

確かに。知り合いに男女の双子がいたが、全くといっていいほど似ていなかった。しかし漫画だと同じ顔というパターンが多い。本当にフォルタナはなんでも知っているんだなと感心している僕に構わず、彼女の謝罪は続く。

「他にも謝罪の気持ちを込め、思いつく限りの能力を付与しました。ついでに私の加護もつけてあります。滅多なことでは死にませんので安心してください」

「ありがとうございます……！」

至れり尽くせり、と感動しているとフォルタナがさっと右手を振り上げる。

「予定より随分時間が押しました。既に準備は整っています。さあ、いってらっしゃい。あなたの幸福を祈っていますよ」

「えっ　あ！」

そんなに急いでいたのか？　なぜに？　時間制限とかがあったのだったら申し訳ないことをした。最後にお礼を、と口を開けたときにはもう、周囲を物凄い勢いで風と光が後方へと流れていき、目を開けていられなくなった。

夢の異世界転生。真利愛が転生する予定だったキャラクターはやはり、名前も同じ主人公の

『マリア』だろう。デザイナーがモデルにしたのは彼女だったし、ゆくゆくは聖女になるという心優しい性質もまた、彼女そのものだ。

となると僕はマリアの双子の弟となる。マリアと同じ顔なんだろうか。鏡を見るたびにときめいてしまったらどうしよう。マリアが幸せになれるように、陰ながらフォローしてあげよう。攻略は誰ルートがいいだろうか。そんなことを考えているうちに、周囲が一際明るくなり、いつしか閉じてしまっていた目を開いた僕のその目に、見覚えのある光景が飛び込んできた。

「やった……！　やったわ……！　マリアを殺してやったわ。これで殿下の心はわたくしのもの……！」

これは――悪役令嬢オリヴィエが悪だくみの成功を確信し、歓喜の声を上げるスチル。

輝くばかりの金髪は、悪役令嬢のテンプレともいわれるゴージャスな縦ロール。吊り気味ではあるが美しくも大きな瞳は長く、そして濃い睫毛に縁取られている。通った鼻筋、唇にはこれまた悪女のテンプレとも言えるどぎつい赤のルージュが引かれている。

マリアが癒し系美少女なら、オリヴィエは近寄りがたい女優系美女だ。彼女のキャラデザがあまりに美しく仕上がったため、一定のファンが見込めると急遽このスチルが追加されたのだ。個人的には鬼気迫る表情は逆にファン離れを起こすのではと心配していたのだが、まさに今、僕の目の前にいるのは、絶世の美貌を邪悪に歪めているゲームの悪役令嬢、オリヴィエだった。

「あ、あの……」

つい声をかけてしまってから、ハッとする。彼女にとっての『僕』は――マリアの双子の弟に転生しているはずの僕は、憎き恋敵の身内。それこそ殺されかねない、と慌ててその場を逃げ出そうとした僕を見て、オリヴィエが眉を顰める。

「いやだ、いたの、オリヴィオ」

「……え？」

オリヴィオ――というのが僕の名前なのか？　『オリヴィエ』とよく似た名ということはもしや、と、自身を指さし、彼女に問いかける。

「オリヴィエの双子の弟？」

「兄とでも言うつもり？　わたくしのほうが先に生まれたのだからあなたが弟でしょうが」

バカね、と笑うオリヴィエを前に、僕の頭には『嘘だろ』という言葉しか浮かんでこなかった。

一体何がどうなっているのか。思わず周囲を見回し、フォルタナを探してしまっていた僕の耳に、オリヴィエの上機嫌な声が響いてくる。

「さあ、祝杯をあげるわよ。ようやく邪魔者を消すことができたのですもの。ああ、気分がいいわ。明日の卒業パーティが楽しみよ」

「そ、卒業パーティ……」

それは間違いなく彼女の断罪の場であるはず。ちょっと待ってくれ。ということは今日は彼女の断罪前夜と、そういうことか？

頭を整理しようなんて言っている時間はないじゃないかと慌てながらも、つい、クリエーター視点を捨てることができず、オリヴィエのキャラデザはやはり絶品だなと、僕は改めて実感していたのだった。


さて呆然（ぼうぜん）としてばかりはいられない。僕は自分が転生した、制作中のゲームのストーリーを――特に悪役令嬢オリヴィエ絡みのストーリーをざっと思い起こした。

ゲームの名称は『聖なる乙女の愛の誓い』――これは大学時代に僕が考えていたもので、商業化が決まった今は（仮）となっているが『溺愛ワンダーランド』。少しでもキャッチーなタイトルを、と変更を余儀なくされたのだ。なんでもプレーヤーに刺さるのが『溺愛』『執着』『モテ期』などの単語というのだが、情報が少々古いのではと思わなくもない。

って、タイトルなんてどうでもいい。まずは主人公。マリアという名前は当然、聖母マリアからきたものだ。清らかな、そう、『聖なる乙女』。絶大な光の力を持つ将来の聖女である。

ゲームの世界観はありがちと言ってはなんだが、中世ヨーロッパ風で、貴族五等爵と平民といった身分制度があり、そして魔法が使える。これまたありがちではあるが、魔法属性は、火、水、風、土の四つであり、特別な力として、聖女しか持ち得ない光の魔法と、悪魔の禁術である闇魔法がある。

そうした魔法が使えるのは貴族のみで、庶民は簡単な生活魔法くらいしか使えない。中世ヨーロッパには電化製品がないので生活魔法が必要となったのだ。

移動手段は馬車、戦いには剣、としたのは、単にビジュアル的にそのほうがいいかなと思ったからだった。

フランスっぽい雰囲気の『イルタミア』という帝国は皇帝により治められており、皇帝には三人の息子がいる。皇太子クリスは攻略対象その一で、ゲームのパッケージでも主役のマリアと同じくらいの大きさで描かれている。

金髪碧眼(へきがん)のわかりやすい美形で、欠点がほぼない。魔力も強く剣も強い上に学業にも秀でている。まさにオールマイティキャラなのである。

マリアと彼との出会いは貴族と神官が通う魔法学園。マリアは平民だが、光の魔法に目覚めたために特待生として学園に通うことになったのだった。そう、ゲームの舞台の前半はこの『魔法学園』なのだ。

学園には主要キャラがほぼ揃(そろ)っている。攻略対象その一の皇太子クリス、彼の婚約者である悪役令嬢のオリヴィエ。クリスを攻略しようとすると、婚約者のオリヴィエが妨害するという筋立てだ。

他の攻略対象にもそれぞれ、障害が発生する。攻略対象その二は騎士団長の息子であり、将来的には騎士団を率いる予定の剣術の達人、トリスタン。騎士、といえばアーサー王伝説、という発想で、アーサー王物語に出てくる騎士の一人の名前を拝借した。彼を攻略対象にすると、父親の騎士団長が、恋などしている場合かと邪魔してくる。

攻略対象その三は魔導士サリエリ。学園で魔法を教える若い教官であり、妨害するのは学園長。教え子に手を出すなということだが、至極真っ当な指摘である。

攻略対象その四は将来の教皇テオドール。実は現教皇の隠し子なのだが、マリアには最初そのことを隠している。父親との確執を乗り越え、教皇の座につくのにマリアが尽力するという展開なのだが、攻略の際にはその身分が足枷(あしかせ)となるという設定だ。

もう一人の攻略対象は隠しキャラで、学園には顔を出さない。闇の殺し屋で名はシンといい、出現するのには条件が三つ重ならないと出てこないという難関攻略キャラなのである。

なのでシンのことはひとまず置いておくとして、オリヴィエがマリアを殺そうとしたことから、今、このゲームは皇太子ルートで進んでいるものと思われる。

オリヴィエはこの国で最も力を持つと言われる三大公爵家の一つ、マラスコー公爵家の長女である。皇太子の婚約者は三大公爵家から順番に出されるというのが古(いにしえ)からの決まり事であり、今回はオリヴィエが選ばれたのだった。

お互いが十一歳のときの、皇太子クリスとの顔合わせの瞬間から、面食いのオリヴィエは彼を気に入っていた。クリス側は、どうせ自由な恋愛などできる立場ではないのだからと諦めていたため、オリヴィエに関して興味はなかったものの、拒絶もしていなかった。

が、学園でマリアと出会ったことでクリスは初めて人を愛するという気持ちを体感し、マリアと共に人生を歩んでいきたいと願うようになるのである。

当然ながら、平民のマリアが皇太子妃になれるはずはない。とはいえ彼女は唯一無二の聖女、都合よくこのタイミングで魔族が帝国を滅ぼそうと企み、それを皇太子と共に防ぎ切ることができたため、皇太子妃、ゆくゆくは皇后として、皇族に、そして帝国民に認められることになる、というのが、クリスルートのストーリーだった。

ツッコミどころはたくさんある。まずはクリスとオリヴィエの関係。二人は婚約しているというのに、クリスがマリアに惹かれるのは、不貞ではないのか。

オリヴィエの怒りももっともでは？　いくら愛情がなかったとはいえ、婚約者がいるのだからそれを無視して恋愛などしていいはずがない――と、ユーザーに思わせないようにするには、オリヴィエの悪役度を増すしかないということで、悪逆非道なキャラにされてしまったことに、実は心を痛めていた。

初期段階では、オリヴィエはマリアの殺害を企てたりしないのだ。せいぜい、階段から突き落とす程度である。ってそれも酷いっちゃ酷いのだが、断罪も婚約破棄されるだけだったのに、彼女が行った悪事に対応する形で本人も家族も処刑されるというように大きくなってしまった。

悪役が成敗されるとスカッとするだろうという意見が多かったのだが、僕としては、そこまで酷い目に遭わせなくてもいいような、特に家族は、と、なんとなくもやもやしながら作業を進めていたのだ。

というわけで。

さきほどのオリヴィエの言葉から推察するに、明日はいよいよその断罪の日である。オリヴィエは嫉妬から闇ギルドにマリアの暗殺を依頼、成功の報を受けたのであれだけ浮かれていたが、勿論マリアは死んでいない。クリスがオリヴィエの陰謀に気づき、逆に賊を返り討ちにしたのだ。

で、なぜ成功の連絡がきたかというと、これがクリスの策略で、オリヴィエ本人にマリア殺害を認めさせるために罠(わな)を仕掛けたからだ。

オリヴィエは死んだはずのマリアが目の前に現れたことに動揺し、『殺したはずなのに』と自分の悪事を口走ってしまう。それをクリスは公衆の面前で指摘、一気に罪を暴いていく、というのが明日のシナリオだった。

オリヴィエは断罪され、死刑が決まる。そして家族も同じく処刑される。既にオリヴィエが殺害を企てただけじゃなく闇ギルドに依頼してしまっている今、リカバリーのチャンスは——

あれ？　皆無じゃないか？

「あ、姉上」

上機嫌の彼女に僕は、一応確認を取っておこうと問いかけた。

「何？」

笑顔で振り返った彼女は、僕の問いに眉を顰める。

「本当にマリアを暗殺したのか？」

「『本当に』って何？　当たり前じゃない。あんな女、死んで当然でしょう？」

ああ、ダメだ。やはり明日の断罪は逃れようがない。ゲームの断罪シーンでは、オリヴィエは少しも反省している素振りを見せず、それどころかマリアに、泥棒猫、死ね、といった酷い言葉をぶつけた。それがクリスの逆鱗（げきりん）に触れ、処刑が決まったのだ。

きっとこのままではゲームと同じ展開となってしまう。そうだ、明日起きることを先に打ち明けるのはどうだろう。マリアが死んでいないこと、クリスに全て見抜かれていること、明日の卒業パーティでは断罪される予定であると、それをオリヴィエに、そして両親に説明しよう。

問題は信じてもらえるかだが、何もしなければ僕はこの世界で早々に退場することになってしまう。よし、と気持ちを固めると僕は、必死で頭を働かせつつ、浮かれるマリアをおだてながら両親の部屋へと向かったのだった。

2

オリヴィエの両親の設定は、あまり真面目に考えていなかった。ゲームにはほとんど出てこない彼らの唯一の出番はオリヴィエと共に処刑されるシーンで、不当な処刑と思われないよう、普段から悪事を働いていていました、という緩い感じで終わらせていたのだ。

実際に向かい合ったマラスコー公爵とその夫人——僕にとっても両親となる二人は、そこまでの悪人には見えなかった。さすがオリヴィエの親、父も母も金髪の美形である。

「それでオリヴィオ、帰って早々、話とは？」

父が問いかけてくる横で母が「疲れていないの？」と心配そうに問うてくる。

「オリヴィエの卒業の日を知らせはしましたが、無理に隣国から帰ってくることはなかったのですよ。あなたも向こうで忙しくしているのでしょう？」

「なんだ、お母さまが知らせたから帰ってきたのね。あなた、本当にわたくしのことが好きなんだから」

オリヴィエの上機嫌は続いていた。と、まるで僕の現況を解説するかのように父が話し出す。

「お前が火・水・風・土の四大属性の魔法全てを使えるというだけでなく、光の魔法まで操れ

るということが公になれば、強制的に神殿へと連れて行かれる。本来聖女のみが持つ力だからな。だから我々はお前の存在をできる限り隠すべく、隣国に送ったわけだが、マラスコー家の人間と周知できないことで何かしらの不自由を感じているのではないかと日々心を痛めていた。どうだ？　お前は優しいから、よほどのことがない限り、自分の胸に溜め込んでしまうだろう？　こうして帰ってきたのは、何か私たちに言いたいことがあったのではないか？」

心配そうに問いかけてくれた彼のおかげで、自分の立ち位置がよくわかった。魔法が使えるとは。しかも光魔法まで？　光魔法というのはヒロインのマリアしか使えないのではなかったのか？　唯一無二の聖女という設定が崩れてしまう。あ、僕は今隣国にいるから、『この国の』唯一無二はマリアのままってことか。

「お母さま、お兄さまには連絡をしてくださらなかったの？」

オリヴィエが母に問う声に、はっと我に返る。オリヴィエに兄はいたっけ？　そういえば一族が処刑される画面で、オリヴィエの横に長身の男が確かにいた気がする。双子設定は女神フォルタナが作ったものなので、あれが彼女の本来の『お兄さま』なのだろう。

「セディにも知らせましたよ。明日の卒業パーティには必ず出席すると連絡をもらっていますから安心なさいな」

「ああ、よかった。明日はきっと、お父さまもお母さまも、そしてお兄さまも、安心されると思うわ」

オリヴィエが嬉しそうな顔になっている。

「安心？」

いや、不安しかないのだがと頭を抱える僕の前で、父の表情がパッと輝く。

「おお。それでは皇太子殿下がお前を無事、エスコートしてくれることになったのだな？」

「ええ。迎えにきてくださるわ。さきほど使いの者が知らせに来たの」

オリヴィエが得意げに胸を張る。

「当然ですわ」

母はそう言いながらも、安堵している様子だった。

「口さがない者たちの噂（うわさ）など、信じるに値しないということです。私ははなから信じていませんでしたよ。皇太子殿下が別の女性をエスコートなさるなど」

「ええ、しないわ。安心して、お母さま、それにお父さまも」

オリヴィエはとても嬉しそうに見えたが、それは皇太子のエスコートが嬉しいというより、親を安堵させることができたのが嬉しい、というように僕の目には見えていた。

そうなんだよなー。当初のオリヴィエはカッとしやすくはあったが決して悪逆非道というキャラではなかったのだ。その名残なのだろうか。両親思いのいい子じゃないか、と、つい、しみじみと彼女を見つめてしまっていたが、そんな場合じゃなかった、とすぐさま我に返った。

「姉上、なんでも正直に打ち明けると誓ってもらえないか？」

まずは彼女がやったことを両親に伝えねば。そして対策を練るのだと僕はオリヴィエにそう声をかけた。

「わたくしはいつでも正直よ」

嘘などついたことはないわとオリヴィエが美しい眉を顰め、僕を見る。

「今、母上が口にされたが、皇太子殿下には他にエスコートする予定だった女性がいたよね？」

オリヴィエは一瞬、言葉に詰まった様子となったが、すぐに、

「もういないわ」

と言い放ち、僕を睨んで寄越した。

「『もういない』というのはどういう意味なのか、説明してもらえるか？」

僕の問いを聞き、両親が、ハッとしたようにオリヴィエを見る。

「まさかお前……」

さすが親。娘のことはよくわかっているらしく、父が青ざめながらオリヴィエに問う。

「闇のギルドに、その女性の暗殺を依頼したね？」

とにかく時間がない。本人の自白を待つ余裕がないのだと僕は彼女が口を開くより前に正解を口にした。

「なんと……っ」

「嘘よね？」

父母共に青ざめ、オリヴィエに対して身を乗り出し問いかける。オリヴィエもまた青ざめてはいたが、僕を睨みつつ、

「何が悪いの」

と開き直った。

「オリヴィエ！」

父の怒声に被せ、オリヴィエの金切り声が室内に響き渡った。

「わたくしは殿下の婚約者という立場を守っただけですわ。それの何が悪いのです！」

「立場はもともと守られていた！　殿下の婚約者はお前のままだろう」

「殿下の側にあのような下賤な女がいること自体、耐えられなかったのです。卒業パーティに殿下があの女にドレスを贈ったと聞いてはもう、我慢ができなかったのですわ」

父の指摘を受けたオリヴィエは悔しげな顔となっている。彼女の瞳には涙が浮かんでいて、どれだけ悔しかったか、そして悲しかったかを物語っていた。

「その娘は光の魔法が使える将来の聖女なのでしょう？　いわば国の宝となる娘なのですから、皇室が気を遣うのは当然ではないですか」

母が至極真っ当な言葉でオリヴィエを窘める。しかしそれがいくら正しくあろうとも、オリヴィエの心には響かないようだった。

「お母さまはわかってない……！　あの娘に向けられる殿下の眼差しも微笑みもご覧になって

いらっしゃらないから……！　わたくしは……わたくしは……っ」

オリヴィエが僕らの前でポロポロと涙を零す。そうだよな、つらいよなと、僕は改めて彼女の心情を思い胸を痛めた。

「……オリヴィエ……」

両親も僕と同じ気持ちのようで、痛ましげな視線を娘に向けている。

悪役令嬢の家族は悪人と簡単にカテゴライズされていたが、今、僕の目の前にいるのは、ごくごく普通の、いや、普通以上に思いやり溢れる家族だった。

「……お前はもう、ことをなしてしまったのだな」

父がオリヴィエに確認を取る。その顔はちょっと悪役っぽかった。

「……ええ……」

オリヴィエは母親に渡されたハンカチで涙を拭ったあと、毅然とした態度で顔を上げ、誇らしげに頷いた。

「なら致しかたない。痕跡を全て消すことにしよう」

よし、というように頷いた父公爵の顔は紛う方なく悪人そのもので、さっきまでの感動を返してくれと言いそうになる。そして痕跡を消したところで、と僕は咳払いをし、会話に割って入った。

「父上、すでに手遅れなのです」

「なんだって⁉」

父が訝しげに僕を見る。

「何が手遅れだというの？　そんなことをしたって殿下の気持ちはわたくしには戻らないとでも言うつもり？」

お説教は結構よ、と言わんばかりに僕を睨んできたオリヴィエもまた、この上ない悪役顔となっていた。もう破滅一直線だよ、と心の中で呟くと、そうはさせんと改めて決意し話し出す。

「マリアは……聖女候補の娘は死んでいません。皇太子殿下が助けています」

「嘘よ‼」

信じたくない気持ちはわかる。が、叫ぶオリヴィエの顔はまさに鬼のようで、それじゃ百年の恋も醒めるぞ、と忠告したくなる。が、今はそれどころではないと僕は彼女を無視し、主に父親に訴えかけた。

「皇太子殿下は姉上の企みを察知していたようです。その上で我が家に罠を仕掛けてきています」

「嘘よ。そんなの、嘘に決まってます！」

ギャーギャー喚くオリヴィエの声がうるさくて話が進まない。最後にこれだけ聞いてあとは黙っていてもらおうと、僕は彼女に問いかけた。

「皇太子殿下から先ほど、知らせが来たんだよね？　明日のパーティには自分がエスコートするって」

「ええ、そうよ。馬車を差し向けるからそれに乗って来るようにと言われたわ」

まさにゲームのとおりだ。ちなみに皇太子は馬車は差し向けたが中には乗っていない。乗っていたのは騎士のトリスタンで、そこでまたオリヴィエはひと暴れするのだが、トリスタンはうまいこと言い繕ってオリヴィエを馬車に乗せ、会場入りさせるのである。

そう、馬車を差し向けるとは言ったが、エスコートするとは、実は皇太子は一言も言っていない。オリヴィエがいいように勘違いしただけなのだ。しかしそう勘違いするよう仕掛けたのは皇太子だと思うと憎さが増す。

そもそもなぜ彼は馬車に乗って来なかったのか。もういっときたりとて彼女と同じ空間にいることが耐えられなかったとでもいうのか。いくら愛する人を手にかけようとしたといってもそれはひどいんじゃないかと思う。そもそも婚約者がいるのに他の女に皇太子がふらっといくから、オリヴィエは強硬手段に出たのだ。まあ、殺人はよくないけれども。

「姉上は明日、衆人環視の元、断罪されるんだ」

「なんですって⁉」

オリヴィエの目が吊り上がる。彼女が僕に罵声を浴びせてくるのは軽く推察できたので、ひとまずは眠っていてもらうことにしよう、と僕は彼女の目の前でパチンと指を鳴らした。

「なに……よ……」

咄嗟に何が起こったのかわからないといった顔のまま、オリヴィエはがくりとソファの上に倒れ込んだ。

「オリヴィエ！」

母親が慌てた様子で立ち上がり、オリヴィエに駆け寄る。

「眠っているだけです。とにかく僕の話を聞いてください」

そう言うと僕は、青ざめている父に、これから起こることを説明し始めた。

「今言ったとおり、皇太子殿下は姉上を皆の前で断罪するつもりです。聖女候補の女性を殺そうとした証拠はすでに、握られていると思われます」

「……今動いても無駄と、そういうことか」

唸る父の額には脂汗が滲んでいた。

「はい。聖女候補は生きています。死んだと信じている彼女の姿を見せることで姉上を取り乱させ、罪を自白させるつもりのようです」

「なんて卑怯なの……！」

母が憤った声を上げる。概ね同意だが、そもそものオリヴィエの殺人というとんでもない罪状を思うと、相手を責めるのは気が引けた。

「姉上の性格上、しおらしく罪を認めるとは思えません。生きているのならもう一度殺してやる、などと言いながら聖女候補を再び攻撃するのではないかと思いませんか？」

「……それは……」

「……確かに、やりそうだわ……」

父も母も否定できないことに苦悶しつつも頷き、顔を見合わせている。

「それもまた皇太子殿下の狙いではないかと思うのです」

実際の皇太子のキャラクターは、そこまで姑息には作っていない。しかし結果を見るに、そう考えていてもおかしくないよなと、デモを見ながら感じていた。だいたいなんで衆人環視のもと断罪しないといけないのか。現行犯逮捕よろしく、聖女を救った時点でオリヴィエを問い詰めれば済む話ではないのか。まあ、断罪イベントはこうしたゲームのお約束だから、という理由もわかっているのだけれど、と僕は心の中で呟くと、両親を説得すべく一気に畳み掛けていった。

「姉上だけでなく、我が公爵家の取り潰しも狙っていると思われます」

「なんだと⁉」

父は激昂しかけたが、僕が、

「例の件に気づいているからでしょう」

と告げると、ぴた、と反論をやめた。『例の件』と一言で済まないくらいの悪事を働いているからである。

「皇太子殿下は今回の姉上の悪事に乗じて、マラスコー公爵家の一族郎党、処刑するつもりと僕は見ています。すでに皇帝陛下の許可を得ているかもしれません」

「そんな……皇帝が許可を出すはずが……いや」

父は呆然としていたが、やがて力なく首を横に振った。

「……あり得るな。我々は力を持ちすぎた。皇室にとっては目の上の瘤と思われても仕方がない」

「……あなた……」

母はすっかり青ざめている。『処刑』と聞いて青ざめない人はいないか、と怖がらせたことを申し訳なく思いつつ、なので、と身を乗り出し捲し立てた。

「お二人には姉上を連れ、今夜のうちに隣国へと逃亡してもらいたいのです。もう、我々には逃げる以外の道は残っていません」

「しかし……逃亡すれば悪事を認めたことになるのでは」

さすが悪人、父は思慮深かった。しかし想定内だ、と僕は大きく頷き、言葉を続ける。

「『逃亡』と気づかれなければいい。あくまでも父上と母上に国を出ていただくのは保険のようなものです」

「保険とは？」

父に不思議そうに問われ、しまった、この世界には『保険』という概念がなかったかと僕は首を竦めた。

「失礼しました。つまりは僕がなんとかするので、なんともならなかったときの用心のために、避難をしていてもらいたいと、そういうことです」

「なんとかするって、あなた、一体何をするつもり？」

母が心配そうに僕を見る。彼女にとっては僕も大切な息子だからだなと思うと、胸の中に温かな思いが満ちてきたが、感激している時間はない、と話を進めた。

「僕が明日、姉上の代わりに卒業パーティに行きます。彼女のフリをして」

「なんだと⁉」

「二人は確かにそっくりだけれど、あなたは男、オリヴィエは女。なりきるのには無理があるのではなくて？」

「ああ、お前は通っていないから知らないのだろうが、学園内では教室などの特定の場所でしか魔法が使えないよう、普段シールドが張ってあるのだ。魔力の暴走を防ぐために。だから魔法を使うつもりであっても……」

「魔法を使うまでもありません」

その設定ももちろん、覚えていた。魔法が使えるという設定は華やかだし便利なのだが、オリヴィエがマリアに嫌がらせをするのに、魔法があれば簡単に防げるという矛盾が生じてしまう。制服や教科書を破っても復元すれば済むだけのこと。階段から突き落としても魔法で自身を守れば怪我もしない。それじゃ、『悪役令嬢』としての悪事が盛り上がらない、と、商業化するにあたって新たにその設定が作られたのだった。

設定といえば、僕がオリヴィエの双子の弟という設定は女神フォルタナが作った。まだ自分の顔をちゃんと見てはいないが、フォルタナは同じ顔だと告げていたし、今の今、母も『そっくり』と言っていた。ならきっと変装でなんとかなるはずだ。

大学生の頃、ゲームサークルでコミケに出たことがあった。そのときも自分たちの作ったゲームキャラのコスプレをしたのだったが、コスプレをすると普段はコミュ障の僕もそのキャラになりきり、堂々と人と接することができた。

今もそうだ。『織田朝也』であればこうも雄弁に語ることなどできるはずがない。ゲームのキャラクター『オリヴィオ』だからこそのことなのだ。

きっとオリヴィオなら容易く入れ替わりを演じられるはずだ。だって四大属性だけでなく光の魔法も習得しているチートキャラなのだから。もしかしたら闇魔法も使えちゃったりして。今度試してみようか――なんて考えている場合じゃなかった、と僕はすぐさま我に返ると、任せてほしい、と両親に大きく頷いた。

「姉上になりきり、皇太子殿下の我が家を取り潰すという策略を無事に回避してみせます。そのためには綿密な打ち合わせが必要となりますが、とにかく時間がありません。まずは僕の言うことを黙って聞いてもらえますか」

そう断ってから僕は、これからどうするかを説明し始めた。

僕はオリヴィエとして皇太子殿下に自らの罪を告白、それもこれも皇太子殿下を愛するがゆえ、と、不倫をした負目をこれでもかというほど感じさせた上で、罪を償うために修道院に向かいますと宣言、お願いですから公爵家にはお咎めなど求めませんようと頼み込む。そのためにマリアの慈悲に縋るというのもいい手だろう。

めでたく修道院行きが決まったら、すぐに出発します、と、粗末な馬車を用意する。その馬車で修道院に向かう途中、今まで全方向に恨みを買っていたオリヴィエは、何者かの襲撃を受け、行方不明に。きっと殺されたに違いない――と思い込ませる、という筋書きだ。

「皇太子殿下ご成婚の折には恩赦が見込めると思います。その恩赦を狙って、実はオリヴィエは生きておりました、これからは領地で静かに暮らしますと赦しを乞う――これでどうでしょう」

「……うまくいくだろうか……」

父が不安そうな顔で呟く。

「大丈夫です。僕を信じてください。それ以外に我がマラスコー家が難を逃れる手立てはないのです」

息子の言葉でどれほどの安堵を与えられるかと案じたのだが、異様に能力が高いという設定のためか、父は無事に納得してくれたようだった。

「……わかった。私にできることはあるか？」

問うてきた彼に僕は、『粗末な馬車』と、オリヴィエに扮した僕を狙う暴漢役の手配をお願いした。

「早く、お支度を。夜のうちに姉上を連れて出発してください」

「わかった……だが本当に大丈夫か？」

父が心配しているのは自分の身ではなく、僕の安全だった。

「お前一人を犠牲にすることにはならないか、私はそれが心配なのだ」

「大丈夫です。失敗はしません。僕を信じてください、父上」

やっぱり温かい家族じゃないかとしみじみしつつ僕はそう言い、父の手を握った。父も手を握り返してくれる。その手はとても――温かかった。

ふと、両親のことを――前世、と言っていいのか、もう――思い出した。随分と実家には帰れていない。盆や正月もひたすらゲームを作っていた。たまに母から電話があっても、うんうん、元気、くらいしか返事をしていない。時間が勿体無かったのだ。

父と最後にちゃんと話をしたのはいつだったか。まさか自分が親より先に死ぬとは考えたこともなかった。父は僕に輪をかけて口下手で、あまり話をしたことがない。進路を決めるときに相談したが、お前の好きなように生きろと言われただけだった。

父ともっと腹を割って話しておけばよかった。後悔しまくっていた僕だが、すぐ、今は感傷に浸っている場合ではないと思い直した。

「……お前には素晴らしい才能と高い能力があることは知っている。だが、心配せずにはいられない。必ず生きてまた会えるな？」

「ああ、オリヴィオ……こんなことになるのなら、手紙など書かないほうがよかったかもしれないわ」

父は心配そうに、母は号泣し、僕の手を握ってくる。家族愛に心温まる思いを抱きつつ僕は、

「大丈夫ですよ。また必ず会えますから」

と二人を宥め、すぐにも支度を始めてもらった。

半時ほどで両親と意識を失ったままのオリヴィエは馬車に乗り込み、屋敷から隣国へと旅立っていった。隣国にはかつて父が世話をしていた男がいて、オリヴィオも彼の世話になっていたのだが、その人物を頼っての旅立ちだった。

出発前、父は悪事の証拠を全て僕の前で燃やしたが、確かにこれがバレたら処刑だなと思うような内容に、初めて僕は、自身の成功を危ぶんだ。

しかしもう引き返すことなどできない。僕にできることをするまでだと心を決め、その後も、万一、屋敷に踏み込まれても大丈夫なように、ヤバそうな書類やら何やらを捨てたり、公明正大な帳簿を作り直したりと夜を徹して不正の証拠を隠滅した。

さて翌日、僕は『支度』を済ませ、皇室が差し向けてくれるという馬車の到着を今や遅しと待っていた。事情を何も知らないメイドたちは、本当にその服でいいのかと心配そうな顔をし

ている。彼女たちには僕はオリヴィエとして接していたが、疑う人間は誰一人としていなかった。普段のオリヴィエをよく知っている彼女たちを騙せているのだから、おそらく皇太子やマリアも騙しおおせるだろう。自信を深めていたところに馬車到着の連絡が入り、僕は皆に行ってくると挨拶をして、エントランスホールへと向かった。

「オリヴィエ嬢」

そこで待っていたのは、ゲームのシナリオどおり、攻略対象の一人にして、皇太子クリスの友人、この帝国の第一騎士団長を父に持つ剣聖、トリスタンだった。

長く美しい黒髪を細いリボンで後ろで縛っている長髪キャラ。細面の顔立ちで、剣の達人ではあるが、マッチョなタイプではなく、シュッとした感じだ。ちなみに見るからにマッチョというキャラはこのゲームにはいない。一番筋骨隆々としているのが成長し、教皇になったあとのテオドールなのだが、服を脱ぐイベントが発生しない限りは明らかにならない。

この服を脱ぐイベントについては賛否両論あったのだった。と、またも脱線しそうになった思考をなんとか繋ぎ止め、トリスタンに挨拶する。

「ご足労をおかけし申し訳ありません、トリスタン様」

「いや……」

トリスタンが戸惑っているのがわかった。美しい黒い瞳が泳いでいるように見える。

彼のビジュアルには、実はモデルがいる。僕の大学時代からの親友で、同じ会社に入った崎森勇気（もりゆうき）という男だ。デザイナーが制作部にやってきていた彼を偶然見かけ、トリスタンっぽい！　と勝手にモデルにしたのである。

勇気はゲーム制作会社に入りはしたが、実はゲームにはあまり興味がない。趣味はテニスにゴルフ、それにサーフィン、とスポーツ全般得意なことに加え、三年生のときの成績は全優、代理で出場させられた英語の弁論大会で優勝し物議を醸したこともある、スーパーマンのような男なのだった。

そんな『陽キャラ』の塊のような彼と、『陰キャラ』を体現したような僕がなぜ親友関係にあるかというと、入学式で偶然席が隣になったという単純なきっかけからだった。

「はじめまして。僕、大学に誰も知り合いがいないんだ。友達になってくれない？」

俳優のようなイケメンに、そんなふうに声をかけられて、断れる人間がいるだろうか、いや、いまい。なんて反語はどうでもいい。

勇気と呼んでほしいと最初から名前呼びを求めてきた彼は、中学二年から父親の仕事の関係でアメリカに留学していたとのことだった。なので日本に友人がいないというのだけれど、彼なら僕以外にいくらでも友達ができそうだけどなあ、と思いながらも付き合いが始まり、それが今に至る——ではなく、僕が死ぬまで続いたというわけだった。

口下手な僕の話を辛抱強く聞いてくれる彼は、顔だけでなく性格もよかった。最初に友達になったことで義理でも感じてくれていたのか、予想どおり大勢の友達ができたあとも、僕と疎遠になることなく、いつの間にか親友という間柄になっていた。

ゲームにさほど興味がなかった彼が、僕と同じ会社に入ることを決めたのは、ありがたくも僕の夢を応援したいという願いからだった。

「朝也の作ったゲームを日本一、いや、世界一の売上げを誇るようにしてみせる！」

それが僕の夢になったんだと言われたとき、感動して泣きそうになった。なんでもできる彼は営業部に配属になったが、一年目にしてめきめきと頭角を現し、今や営業のエースと言われている。

実はあることをきっかけに、ここ数日、僕は彼を避けてしまっていた。死ぬとわかっていたらちゃんと今迄（いままで）のお礼を言いたかったし、これから彼の前に開けている幸せな未来も祝福してあげればよかった。

それができなかったのは僕の心が狭かったからで――と、今は前世に思いを馳（は）せている場合ではなかった、と我に返ると僕は、前世の勇気ではなく僕にとっては『現世』となるこの世界でのトリスタンについて、ざっとゲームの設定を思い起こした。

トリスタンの障害はなんだっけ。ああ、父親だった。剣の道一筋だった彼が、マリアと出会ったあとには、何のために剣を握るのかと考え始める。やがてマリアをはじめとするこの国の人々を守るため、という結論を出すのだが、その前のトリスタンはただただ、父親を超えたい、帝国で最高と言われる剣士になりたいという願望のみで、日々の鍛錬を行っていた。いわゆる脳筋、人の話は聞かず、判断基準は剣の腕か魔力の強さのみ。彼が敬意を払うのは父親や騎士団の面々と、そして皇族くらいだった。彼自身の家柄も三大公爵家の一つと高かったからである。

学園内でも皇太子以外とは口もきかない。脳筋にしてクールキャラという珍しい人物設定なのだ。マリアに対しても最初のうちは、皇太子には相応(ふさわ)しくない平民の娘と、いい感情を抱いていなかった。だが怪我をしたとき彼女に救われただけでなく、『なぜそんなに強くなりたいの？』と問われ、初めて自分が人生の目標を抱いていなかったことに気づくのだ。

ちなみにオリヴィエに対しては、興味を欠片(かけら)ほども持っていない。皇太子の婚約者としてその性格はいかがなものかとは感じているが、その程度である。

トリスタンルートにはオリヴィエはほとんど関与しないので、彼との接点はほぼない。クリスとトリスタンとの三角関係ルートでは、マリアに嫌がらせを働くオリヴィエを窘めるくらいだ。

ゲームでは、トリスタンに食ってかかることが多かったオリヴィエが、ごくごく普通に挨拶をした上、労(ねぎら)って礼まで言ったことに、トリスタンはポカンとした顔となっていた。が、すぐ、我に返った様子となると、

「その格好で行かれるのですか？」

と、ごく当たり前の質問をして寄越(よこ)した。というのも今、僕が身につけているのは喪服のド

レスだからだ。

ベールで顔をよく見せないという利点もあるが、何より喪服を着た理由は、マリアを殺してしまったと信じていますよアピールだった。

トリスタンはクリスからどの程度、事情を聞いているのか。皇太子の親友にして忠実な騎士なので、クリスの計画は全て明かされている可能性が高い。もちろんオリヴィエがマリアを殺そうとしたことも承知しているに違いなかった。

「実はパーティには参加するつもりはありませんでした」

「…………」

トリスタンが訝しげに眉を顰める。眉間の縦皺（たてじわ）も実に美しい。トリスタンのキャラデザも勇気をモデルにしたこともあって、実はとても気に入っていたのだった。皇太子クリスよりも断然仕上がりがいいと思う。まあ個人の好みなんだろうけれど——って、違う。見惚れている場合ではなかった、と作戦の継続を試みる。

「ですが皇太子殿下にお会いするには会場まで行くしかなさそうですわね」

「……ええ。会場にお連れするよう言われていますので」

トリスタンの眉間の縦皺は未だ解けていない。が、問い詰めるほどの興味はないのか、淡々とした口調でそう告げると、踵（きびす）を返しドアのほうへと向かっていった。エスコートする気はないようである。もともと求めてもいなかったので、僕は彼のあとに続いて部屋を出て、彼の乗ってきた皇室の馬車に乗り込んだ。

卒業パーティは学園の講堂で行われる。講堂と言っても僕が通っていた公立高校の体育館のような場所ではなく、鹿鳴館（ろくめいかん）のような雰囲気の物凄く豪奢（ごうしゃ）な場所である。

オリヴィエ断罪の場はその講堂の真ん中、豪華なシャンデリアの下だった。バックには大階段もあってまさに舞台装置のような場所だ。

既に参加者は集まっているのだろう。皇太子が『衆人環視のもと』を狙っているので避けようがないだろうが、やりようによっては大勢の人の目があるのはかえって好都合となる。

場の空気を摑（つか）むこと。あとは演技力。どちらも決して得意ではないが、今、僕はこの世界では最強のチートキャラ、女神フォルタナが創造してくれたオリヴィオだ。できないはずがない。

よし、と密かに拳を握り締め、到着を待つ。ふと視線を感じ、トリスタンを見ると、ほぼ同時に彼が僕から目を逸らしたため、目が合うことはなかった。

まあ、怪しんでいるんだろうなとわかるだけにスルーする。それにしても顔がいい、と、またも自分のゲームのキャラに見惚れそうになりながら、僕は馬車が学園に到着するのを緊張感を抱きつつ待ち侘（わ）びていたのだった。

3

卒業パーティの会場である講堂には大勢の生徒や教師たちが既に集まっていた。

僕とトリスタンが入場すると、ざわついていた会場内が一瞬にして水を打ったような静けさとなる。それは皇太子の婚約者である僕が皇太子のエスコートではなくトリスタンと共に来たからというより、僕の喪服という服装にギョッとしたためだと思われた。

皇室に次ぐ権力を持つ三大公爵家の令嬢であるがゆえ、あからさまな批判はできない。なので皆、黙り込んだまま、僕から目を逸らせたのだったが、そんな不自然な沈黙を来場者の名を告げる侍従の高い声が破った。

「皇太子クリス殿下、ご来場でございます」

皆の視線が一気に大階段へと注がれる。皇室専用の控室が階段の上にあるからなのだが、金髪碧眼の美青年、凛々(りり)しさと荘厳さを身につけているクリスのキャラデザもやはり素晴らしいなと、僕は惚れ惚れ(ほれぼれ)と彼を見つめてしまった。

が、その背後に隠れるようにして一人の女性が共に階段を降りてきたのに気づき、緊張感を高めねばと己を律する。クリスが用意した清楚にして豪華絢爛(けんらん)なドレスを身に纏っているのは誰あろう、このゲームのヒロイン、マリアだからだった。

　オリヴィエはマリアが生きていることにも我を忘れたが、彼女が今、身につけているドレスを見てさらに怒りを募らせた。というのも彼女のドレスの色は薄い紫色であり、この国での最も高貴な色であるその色は皇族以外が身につけることを許されていないからだ。

　皇太子クリスが贈ったからこそ、平民のマリアが着れたわけだが、自分には一度として紫色のドレスを贈ってくれていないことにオリヴィエは絶望したのだった。

　かえすがえす、クリスのほうが酷くないか？　順番としてオリヴィエとの婚約を破棄したあとにするべきなのではなかろうか。ゲームではこのクリスの行動は、オリヴィエを激昂させるためと後付けで理由を作った。僕がクリスのセリフに挿入したのだが、他の制作部のメンバーからは、蛇足じゃないかとあまり評判は良くなかったので、正式リリースの際には削られてしまうかもしれない。

　って、今はゲームのことより自分の――オリヴィオの作戦を成功させ、オリヴィエの、そしてマラスコー公爵家の危機を救うことだと僕は皇太子殿下を見上げ、射るような目で僕を睨んで寄越した彼に対し深く頭を下げた。やがて皇太子が背後の女性を振り返り、自分の隣に立つようにと促す。

「なんと⁉」

「あのご令嬢は……っ！」

皆が一斉にざわついたのは、皇太子が平民のマリアをエスコートしてきたからだった。ゲームのオリヴィエはこの瞬間から喚き出し、破滅への一途を辿ることになる。しかしそうはさせない、と僕は心底驚いた顔を作ると、未だ階段の上、ちょうど踊り場に立つ彼女と皇太子によろよろと近づいたあと、

「ああ……っ」

と感極まった声を上げ、その場にくずおれた。会場の皆が驚いた視線を浴びせてくるのがわかる。

皇太子もマリアもまた驚いていた。まさかオリヴィエが喪服を着てくるとは思っていなかったであろう上に、いきなり目の前で膝を折った――という以上に、床に突っ伏したのである。驚かないはずがない。彼らが声を失っている間にと、僕は頭の中で組み立てていたシナリオを一気に捲し立てていった。

「ああ、マリア。生きていたのですね。本当によかった……！」

「オ……オリヴィエ様……？」

マリアが戸惑った声を上げている。そりゃそうだ、と僕は彼女と、そしてクリスに聞かせるべく、さらに涙声を張り上げた。

「わたくし……わたくし、取り返しのつかないことをしてしまったと絶望していたのです。後悔してもし足りない。あなたの命を奪おうとしたなんて……！」

「なんだって⁉」

「オリヴィエ様がマリア嬢を？」

当然ながら僕の告白はこの場にいる皆の耳にも入っている。彼らをまず味方につけねば。そのためにはクリスに制止されないうちにと怒涛の勢いで喋り続ける。

「幼い頃より……初めてお会いしたその日から、わたくしはクリス殿下をお慕いしておりました。クリス殿下の婚約者となった我が身の幸せを日々、神に感謝し、嫁ぐ日を一日千秋の思いで待ち侘びておりました。そのためには厳しいお妃教育も少しもつらくなかった。定例のお茶会でクリス殿下とお会いする、ほんの短い時間があればどのような苦難も乗り越えられました。学園に通うようになってからは毎日お姿を拝見できる。それがどれほどわたくしにとって心の慰めになったことか……！　ですが…………」

と、ここで涙ながらにクリスへの愛しい思いを語っていた僕は言葉を詰まらせ、俯いた。幸い、場の空気は僕の――オリヴィエのいきなりの告白ですっかり静まり返っており、掌握しきれているようだ。

よし、このあとも一気にいくぞと僕は顔を上げると、憎々しげというよりは心から悲しげに見えるような表情と声音で喋り始めたのだった。

「ですが……クリス殿下の近くに……わたくしよりも近いところに、あるときからマリア嬢が常に寄り添うようになりました……わたくしと殿下の間には未だ、心の距離があるからか、滅多に微笑みかけていただけるようなことはございません。あったとしても万人に向けられるのと同じ、いわば公式の微笑みです。でも……でも殿下はマリア嬢に対してはそれは優しく微笑まれます。そのお顔を日々目の当たりにしているうちに、わたくしの中に黒い心が芽生えてきてしまったのです……っ」

うう、と泣き真似(まね)——一応本当に涙は流していたが——し、だがクリスが反論する隙を与えず言葉を続ける。

「わたくしは未だに殿下のことを『殿下』とお呼びしていますし、殿下からは『オリヴィエ嬢』と呼ばれております。しかしマリア嬢は殿下を『クリス』と、殿下は彼女を『マリア』と呼んでいることは皆様もご承知のとおりです。学園内に身分制度は持ち込まないとのことですが、マリア嬢以外に殿下を名前でお呼びしている生徒はおりません。婚約者のわたくしが呼ばないから、とおっしゃりたいのでしょうが、わたくしだって殿下のことをお名前でお呼びしたかった……！　マリア嬢のように……っ」

うう、とまた泣いてみせたあと、すぐさま顔を上げ、更に悲しみを全面に押し出しつつ言葉を発する。

「入学から耐え続けた二年間……いよいよわたくしも限界を迎えました。殿下のお心はわたくしではなくマリア嬢にある。彼女への嫉妬心を抑えることができなくなってしまったのです。マリア嬢が生きている限り、殿下の眼差しはわたくしに向くことはない……それなら殺してしまえばいい……そんな黒い誘惑に昨夜、ついに屈してしまったのでした」

自白した途端にクリスは言質をとってくるとわかっていたため、

「でも！」

と彼が口を挟むより前に、心からの安堵を表現する。

「マリア嬢は生きていたのですね……！　ああ、よかった。彼女の命を奪ってしまったことを、生涯悔い続けずに済む。本当にありがとうございます。よくぞ……よくぞ、彼女の命を守ってくださいました……！」

「お前は……っ」

どの口が言う、と怒声を張り上げようとしたクリスの声に微かに先んじ、一段と声を張り上げる。

「それでもわたくしの罪がなくなることにはなりません。罪を免れようとは思っておりません。わたくしは我が行いを悔い、このまま修道院へと向かわせていただきます……！」

「なんだと⁉」

予想外だったのか、クリスが驚きの声を上げる。ギャラリーもみな、驚いた顔になっているのを横目に、僕は涙ながらの演技を続けた。

「いくら殿下への想いゆえとはいえ、マリア嬢を亡き者にしようとした重罪を一生涯、背負って参る所存です。修道院で神に懺悔を捧げる生涯をすごす許可をどうぞお与えください。そしてクリス殿下とマリア嬢の幸せを祈る許しもお与えください。殿下がマリア嬢を愛しく思われており、マリア嬢もまた同じ気持ちであることは皆の目にも明らかです。きっとこの先も殿下の側にはマリア嬢が付き添われるのでしょう。わたくしは修道院から、お二人の未来の幸せを祈り続けます。殿下がマリア嬢に気持ちをお寄せになるのがわたくしとの婚約を破棄されてからであったら、わたくしも嫉妬に狂うことなく身を引けましたのに……などとはもう、申しません。過ぎたことをあれこれ悔やんだところで元には戻りませんから……！」

そう。大切なのはここだ、と、もう一度念を押す。

「皇太子殿下の婚約者は三大公爵家から出すというのが慣習ですので、殿下が婚約破棄を試みなかったことを責めるつもりはございません。しかしその慣習もマリア嬢との愛を貫かれるとなると殿下の代で終わりを告げることになりましょう。その瞬間があと一年、早ければと悔やむ気持ちはもう、持ちますまい。わたくしは殿下と、この国と、そしてマリア嬢の幸せを修道院で祈り続けます。我が罪を悔いながら……！」

ギャラリーの、僕を見る目が柔らかくなったことに、話す途中から気づいていた。僕の目標としては、不貞を働いたのは皇太子側であり、嫉妬心を抱くのも当然だろうという場の空気を作り出すことだったので、概ね成功と言えるだろう。

クリスは今や絶句していた。彼にも恥の概念があったことに感謝しつつ、最後にこれだけは確約してもらいたいと、彼に訴えかけた。

「今回のことはわたくしの一存で致したことでございます。どうか我がマラスコー公爵家に対してはご寛大なご措置をお願い致します。マリア嬢がご無事であったとわかった今、わたくしはすぐさま修道院に参ります。殿下、婚約者として今までわたくしに対し、なさってくださった全てのことに感謝し、心より御礼申し上げます」

これを言われたらクリスは更に罪悪感を抱くに違いない。というのも、彼はオリヴィエに対して、特に学園に入ってからは何一つ、贈り物もしてこなければ優しい言葉もかけてこなかった。マリアに夢中になったためで、マリアとの仲を嫉妬するオリヴィエを疎んじ、ほぼ無視してきたからだ。

青ざめるクリスの横ではマリアが呆然とした顔となっている。彼女にも一応詫びておくかと僕は深く頭を下げた。

「マリア嬢、本当に申し訳ありませんでした。心よりお詫び申し上げます。わたくしからの言葉など不快でしかないでしょうが、どうかクリス殿下とお幸せに」

未だ青ざめた顔で立ち尽くすマリアは、ゲーム同様、本当に綺麗だった。彼女の外見のモデルが、本来は死ぬはずだったという小峰真利愛なのだ。

真利愛は僕と同期入社で、同じ制作部に配属された。会った瞬間から僕は彼女に恋心を抱いた。とびきり可愛(かわい)かったからもあるが、どちらかというと彼女の、誰にでも親切、かつ素直で愛らしい性格に惹かれたのだった。

コミュ障気味の僕は、サークル以外の女子との会話がまず成立しなかったが、真利愛は違った。僕が何を言っても真剣に聞いてくれるし、周囲に溶け込めるようにと協力もしてくれた。

「だって同期じゃない。当たり前のことだよ」

礼を言った僕に、真利愛は言葉どおり、当たり前のことをしているだけだという表情でそう言うと、お礼なんていらないよ、と笑ってくれた。その笑顔に僕は恋に落ちたのだ。

とはいえ、告白などできるはずもなかった。真利愛を好きな人はたくさんいたし、アプローチも数多く受けていると聞いていた。そんな彼女が僕を選んでくれるはずもないだろうし、それに万一、付き合うことになどなったら僕の心臓がもたない。

もっと自分に自信が持てるようになったら――それこそ、僕の作ったゲームが日本一の売上げを誇るようになったら、真利愛に告白できたらいいな、と、お前一生告白する気なんてないだろ、と突っ込まれそうなことを考えていたのだが、数日前、あることをきっかけに僕は彼女の想い人が誰であるかを偶然知り得てしまった。

そのショックから彼女のことをつい、避けてしまっていたのだが、死ぬ前に彼女を救うことができたのは自分でもグッジョブだったと思う。

いつまでもお幸せに――と幻の真利愛の幸せを祈りそうになっていた僕は、今はそれどころじゃなかった、と我に返った。

真利愛とよく似た容姿をしている――当たり前だ、モデルは彼女なんだから――ゲームのマリアも本当に心優しいキャラだった。

それだけに、オリヴィエのふりをした僕がこうして罪を悔い、頭を下げれば当然『許す』という言葉をかけてくると思っていた。修道院になど行く必要はない、これから仲良くしましょうと言われたとしたら、それでは自分の気が済まないと返した上で、婚約者のいる相手にコナかけやがってといったことを案に仄(ほの)めかし、黙らせようと考えていたのだが、マリアは一言も口をきかず、それどころか未だムッとしたようにスッと視線を逸らせて終わってしまった。

将来の聖女にしては人間ができてないんじゃないかと心の中で文句を言いつつも、これで退場としよう、とクリスに対し、再度頭を下げた。

「それでは失礼致します。殿下、マリア嬢。そして皆様」

カトラリーは食器、ええと、そうだ、カテラシーだっけ。優雅に一礼したあと、さっさとここを去ろうと歩き出す。

「待て」

と、背後から呼び止められ、異を唱えてきたかと覚悟を決め僕は振り返った。修道院行きに異存があるのか。少なくとも公爵家の無事は守りたい。皇太子も恥を知っていたのではなかったかと批難の思いを抱いていたが、すぐ、声をかけてきたのは彼ではないと気づくことになった。

「これから修道院に向かうと言うのか」

意外にもそう問いかけてきたのは、クリスの騎士にして、魔法学園では同級生のトリスタンだった。

「はい。修道院に持参するものもございませんので、家には寄らずにこのまま向かおうかと思っております」

「首都近くの修道院だな？」

貴族の子女専用の修道院が首都近くにある。問題を起こした令嬢が世間の風当たりから暫し身を隠す場所であり、戒律もほとんどないという、ホテルのような場所である。

行ったあと――そして『賊』に襲われたあとにわかることになるのでも別にいいかと考えていたのだが、今、知らしめるのならそれはそれで有効かと、僕は首を横に振り、きっぱりと言い放った。

「いえ。わたくしの犯した罪を鑑み、北の地の修道院に向かう予定でございます」

「北の地⁉」

「魔物も多く出るというではないか。それに牢獄にいたほうがマシと言われる厳しい修行を強いられるという」

「そんな場所に公爵令嬢が耐えられるはずがないのでは」

ざわめきが広がっていくのをひとしきり聞いてから、静めるべく声を張る。

「それだけのことをわたくしはしてしまったのです。北の地の修道院で生まれ変わりたいと願っております」

それでは、と再び一礼し、踵を返す。

「待たれよ」

しかしそんな僕にまたもトリスタンが声をかけてきた。無視をしたいところだが、さすがにそうはできないと足を止め、振り返る。

「何か」

「昼日中でも危険な道のりだというのに、夜ともなればさらに危険が増す。明朝旅立たれてはいかがか」

「いいえ。それではわたくしの気がすみません」

トリスタンの言葉はこちらを思い遣っているようではあるが、実際のところは、勢いで修道院行きを許すこととなってしまうのを阻止しようというのではないかと思われる。

マリアはまだ聖女ではなく、今の身分は平民なので、貴族のオリヴィエが命を奪おうとしたところで大した罪には問われない。なので公爵家の不正を大々的に暴き、一族郎党処刑するという計画を立てたのだろうが、それが阻止されそうになっているのをトリスタンはそれこそ阻止しようとしているのではなかろうか。

クリスは婚約者のいる身で浮気をしたという恥を刺激してやることで黙らせることができたが、トリスタンはどうすれば口を塞ぐことができるのか。パッとは思いつかないのでとにかく逃げよう、と頭を下げた。

「お気遣いに感謝いたします。それでは」

あとはダッシュ、と再び踵を返した僕の耳に、信じがたい言葉が飛び込んでくる。

「ならば私が北の地まで送り届けよう」

「えっ」

素で驚いたせいで、地声が出てしまった。小さな声だったので人に拾われることはなかったが、まさかそんなことを言ってくるとは、と僕は背後を振り返ると、不要とは言わせんぞとばかりにきつい眼差しを浴びせてくるトリスタンを見て、心の中で盛大な溜め息を漏らしてしまったのだった。

面倒なことにはなったが、いくらでもリカバリーはできよう。僕には高い魔力がある、と自分を落ち着かせると僕は、粗末な馬車の中、向かい合わせに座るトリスタンをベールの下からこっそり窺（うかが）った。

本当に作画が素晴らしい。トリスタンの性格は正直、あまり好みではなかったのだが、ビジュアルは親友がモデルということもあり、攻略対象の中で一番力を注いだだけに思い入れは一番あるのだった。クールと脳筋を同居させるのに苦労したこともある。

戦隊モノで言えば青色キャラ。赤と人気を二分するキャラだ。あ、でも一般的には黒も人気か。総じて人気が落ちるのは、黄色のカレーと緑の子供。最近はダイバーシティの影響か、女子がピンクだけじゃなくもう一人入ることもよくある、と、どうでもいいことを考えていた僕は、トリスタンの問いかけに、ハッと我に返った。

「どういうつもりだ」

「はい？」

何が、と惚けるしかないが、僕がトリスタンであっても疑問を抱くだろう。それがわかるだけに、一応筋の通った説明をしておいたほうがいいかもなと考え、話し出す。

「修道院行きのことでございますか？」

「それもある」

トリスタンが僕——というよりオリヴィエに対し、個人的な興味を抱くとは考え難い。彼の頭の中の九割が皇太子クリスへの忠信で占められているからである。

当然ながら彼はクリスから、今日の顚末を相談されていただろう。我がマラスコー公爵家の悪事も調べられているに違いない。マリアへの殺害未遂容疑でオリヴィエを絞首刑にするのと同時に一族郎党皆殺しにすることで、帝国内に蔓延る悪を駆除できるところだったのに、と苦々しく思っていると、そういうことか、と僕はトリスタンを真っ直ぐに見据えた。トリスタンもまた、僕を見つめる――というより睨んでくる。

「クリス殿下に申し上げたとおりです。わたくしは己が犯した罪について、心から反省しております……そして……もう、疲れてしまったのですわ」

トリスタンに対して一芝居打つ必要がありそうだ。しかしこのキャラクターに、果たしてオリヴィエの、愛する人に裏切られた悲しみやつらさを理解してもらえるだろうか。

そう考えるとクリスはチョロかった。やはりメインキャラは単純明快なほうが好まれるのだ。最初に攻略するキャラがあまり複雑だと、ユーザーは途中で脱落してしまう危険があるから……って、そんな分析をしている場合ではなかった、と僕は演技スイッチをオンにし、涙を堪えた声で喋り続けた。

「わたくしはクリス殿下を愛していますが、殿下はわたくしを愛していない。足掻けば足掻くほど、殿下の気持ちはわたくしから離れていきました。愚かなわたくしはそのことに気づかなかった……いいえ、気づいてはいたけれども気づいていないと思い込もうとしていたのでしょう。本当に……なんと愚かであったことか……」

溜め息、そして涙。しかしおそらくトリスタンには響かない。わかっていながらにしてこんな茶番を続けているのは、単なる時間稼ぎだった。間もなく父が雇った賊たちが、この馬車に攻撃を仕掛けてくるはずなのである。

トリスタンは僕を守ろうとするだろう。丸腰のレディを放置できる性格ではない。そこで僕は大仰に怖がって攻撃魔法の使いようを誤り、『うっかり』彼を気絶させてしまう。彼が気づいたときには僕はもう賊に連れ去られたあととなる——というのが、今の今、馬車の中で僕がざっと立てた作戦だ。

本来は賊たちに形ばかり暴れてもらったあと、馬車を焼き払った上で彼らと共に僕もまた隣国へと渡る予定だった。トリスタンのおかげで余計なひと手間がかかることになるが、彼が馬車に乗ってきてしまった以上、避けようのない手間となった。

トリスタンは帝国最高の剣の使い手ではあるが、そんな彼であっても、自分が守ろうとしている相手から攻撃されるとは想像もできまい。隙を狙えばいける、と自身に言い聞かせ、涙をハンカチで拭う仕草をしていたところ、ガタン、と馬車が大きく揺れたと同時に停まった。

よし、来た！　と心の中でガッツポーズをしつつ、表情と声音は怖がっているのを忘れず、周囲を見渡す。

「ど、どうしたのでしょう」

「…………」

トリスタンがそんな僕に手を伸ばし、立ち上がるのを制してきた。

「外を見てきます。令嬢は動かないように」

「きゃあっ」

今だ！　僕は叫んだあと、トリスタンのほうに身を投げ出そうとしたのだが、一瞬早く馬車の扉が破られた。

「えっ」

打ち合わせでは、『賊』は金品目当ての山賊ということになっていた。武器は持っているものの、こんな本格的な剣ではなかったはず、と、目の前に突きつけられたギラギラと光る剣の切っ先を見て唖然（あぜん）となる。

もしやトリスタンが共に乗り込むことになったと知り、演者たちのいでたちを変更してくれたんだろうか。いや、すでに父は隣国に逃れていてトリスタンの同乗など知るはずがない。

となるとこれは？　と、唖然とばかりはしていられなくなった。トリスタンが最初に馬車に踏み込んできた男を蹴り落としたため外が見えるようになったのだが、信じられないくらい多い人数が馬車を取り囲んでいることがわかったのである。

覆面をしてはいるが、彼らの外見は『山賊』ではなく騎士のように見えた。皆、お揃いの黒いマントに黒い服、そして黒いブーツを身に纏っている。

「だ、誰⁉」

思わず口からポロリと言葉が漏れたが、トリスタンに横目で見られ、しまった、と唇を噛（か）んだ。冷静すぎたかと反省した上で、大仰に怖がることにする。

「こ、怖い……っ」

トリスタンの胸に飛び込み、気絶させるという作戦は、一旦保留とした。ざっと数えただけでも五十名はいると思われるこの集団の相手を一人でするのはさすがにキツいのではと思ったのだ。

この大人数の集団が、父のサービスのわけがないと察したのは、彼らの足元に山賊風の衣装を身につけた男たちが倒れていたからだった。あちらが父の雇った賊だろう。

先程、剣を向けてきた相手からは明らかな殺気を感じた。彼らが僕を殺そうとしているのは間違いない。僕を、ではなく『オリヴィエ』を、だろうか。

しかし誰が？　皇太子か？　今更ではあるが、やはり修道院行きでは飽き足らず、命を奪おうとしてきたのだろうか。

皇太子というよりは皇室か。とはいえトリスタンをどうする気なのだろう。もしや彼もグル？　と、僕は馬車から降り立ち、剣を構える五十数名の黒ずくめの男たちを睨め付けている彼を見やった。

表情からして、どうも僕を守ろうとしてくれているようである。クリスが放った刺客たちなら、彼ら側につくのではないだろうか。わからん、と首を傾げている間にトリスタンは、文字通り束になってかかってきている男たちを剣で蹴散らし始めた。が、多勢に無勢、いくら彼でも一度に全員を相手にすることなどできないので、じりじりと馬車を取り囲む男たちの輪が小さくなっていく。

「オリヴィエ嬢は馬車の中でお待ちください！」

トリスタンが叫ぶが、それで隙を生んだらしく、背後から数名の剣士が彼に襲いかかる。単独ならまだしも、オリヴィエを庇わねばならないとなると、トリスタンの分が悪すぎる。ここで攻略キャラである彼に死なれるのはマズい。あの作画が絶品なトリスタンの、マリアとのラブラブスチルが見られなくなるじゃないか、と思ったときには咄嗟に身体が動いていた。

「ファイアー！」

大勢の敵を蹴散らすのに一番有効なのは火魔法だろう。人間も動物、誰しも火は怖いはずだ。魔法の使い方は、実はよくわかっていなかった。ゲームの画面だと、火魔法のときは『ファイアー』、水魔法のときは『ウォーター』など、詠唱すると魔法陣みたいなのがキャラの前に現れるのだが、当然ながら実際にはそんなものの描き方を知るはずもない。実はあの魔法陣も最初はフリー素材だった。商業化が決まってからは、デザイナーが多少加工していたようだけれども。

確かクリスもゲームの中で手をかざし『ファイアー』と言っていたので、同じようにしてみたら、なんということでしょう。ゲーム画面でも見たことがないほど勢いのある大きな炎が、目の前にいきなり現れた魔法陣から、敵陣に向かって一気に放たれたではありませんか。などと、ふざけている場合ではないのだが。

「火魔法⁉」

僕の放った炎はトリスタンまで驚かせたようで目を見開いている。そうも驚く理由はと考え、すぐに答えに辿り着いてしまった。オリヴィエが使えるのは水魔法、しかもびっくりするほどのしょぼさだったからだ。

「火事場の馬鹿力ですわ」

言い訳にもなってない、とわかってはいたが、何か言わねばという強迫観念が、僕にそんな頓珍漢な言葉を喋らせた。

「なに？」

トリスタンの眉間の縦皺が深まる。

「今はそれどころではありませんわ！」

火魔法を用心しつつ、賊たちがまた、じわじわと馬車を囲んでくる。

「オリヴィエ嬢、失礼する」

と、トリスタンが僕に声をかけたかと思うと、やにわにガシッと肩を抱いてきた。

「な、なんですの⁉」

咄嗟に令嬢言葉が出る自分を褒めたい。そう思ったと同時にサーッと風を感じ周囲の風景が物凄い勢いで背後に流れていく。

「……え……っ？」

何が起こっているのかすぐにはわからなかったが、気づいたときには今までとはまるで違う景色の中にいた。

なるほど、風魔法で移動したのか。そういやトリスタンの魔法の属性は風だったな、と思い起こしていた僕は、そのトリスタンにごく近いところから瞳を覗き込まれ、ギョッとして後ずさろうとした。が、がっちりと肩を抱いた彼の手は少しも緩まず、逆に顔を近づけてくる。

「な、何を……っ」

まさかキス？　いや、ないだろう。なぜにオリヴィエにトリスタンがキスをする？　マリアならともかく、トリスタンとオリヴィエに接点はほぼなかったじゃないか。

気を取り直して、と咳払いをし、なんですかと問おうとするより早く、トリスタンが問いかけてくる。

「お前はオリヴィエ嬢ではないな？　一体誰だ？」

「……っ」

見抜かれてしまった。火魔法を使ってしまったからだと、息を呑みながらも僕は、彼の追及をいかにしてかわそうかと、必死で頭を働かせていった。

トリスタンが風魔法で移動した先は、少し高い丘となっているところだった。彼が指笛を吹くと鷹のような鳥が飛んできて、トリスタンはその鳥の足に自身の髪を結わえていた細いリボンを結びつけると、

「行け」

と命じ、再び鷹を飛ばせた。何をしているのだろうと見守っていた僕へとトリスタンが視線を向け、口を開く。

「家の者に迎えを頼んだ。間もなく馬車が来るだろう」

「それは……よかったです」

『お前は誰だ』という問いを再度ぶつけられるかと思っていたが、ワンクッション置いてくれたらしい。既に僕の中では、彼への答えを組み立て終えていた。なんてことはない、しらばっくれる、という情けないものだったけれども。

「……それで」

問われそうになったので、先回りをして早口で捲し立てる。

「大変お手数ですが、その馬車でわたくしを修道院まで送っていただけますでしょうか。先程の賊たちの襲撃で、馬車は壊れ、馬も逃げてしまったようですし」

「その前に教えてもらおう」

しかしトリスタンは誤魔化されてくれなかった。そりゃそうだ。彼は脳筋ではあるが、頭脳明晰クールキャラでもあるのだから。やはりここは二人に分割しておいたほうが良かったのではないか。キャラクターがブレブレじゃないかと、こんなときに考えることではないような不満を心の中で呟いていた僕は、不意にトリスタンが、ずい、と顔を近づけてきたことでギョッとし、咄嗟に身を引こうとした。が、トリスタンに腕を摑まれ、阻まれてしまった。

「お前は誰だ？　オリヴィエ嬢ではないな？」

「何をおっしゃいます」

オリヴィエです、と告げようとしたが、さらにトリスタンに詰め寄られ、口を閉ざす。

「惚けても無駄だ。オリヴィエ嬢の魔法の属性は水。お前は火を使っていた。しかし」

と、ここでトリスタンは少し僕から離れ、先程の戦闘でベールのついた帽子を飛ばしてしまっていた僕の顔をまじまじと見つめたあとに口を開いた。

「学園内の講堂では魔法を使うことができないから、オリヴィエ嬢そっくりの姿を作ることもできまい。しかしそうも似ているとなると……」

「………その………」

どうするか。『影武者です』と答えるのはどうかと思ったが、それでは本人の行方を追及されるのは必至だ。やはりここは情に訴えるしかない。となれば正直に身分を明かし、慈悲を請うことにしようと僕は気持ちを決めると、改めてトリスタンを見つめ、彼に対し深く頭を下げた。

「申し訳ありません……確かに僕はオリヴィエではありません」

「『僕』？」

戸惑った声を上げたところを見ると、トリスタンは僕を男とは見抜けていなかったようだ。魔法を使っていない状態の、いわば『女装』で完璧な女性に化けられるとは、恐るべし、オリヴィオのビジュアルの美しさ、と我ながら惚れ惚れしてしまっていたが、それどころじゃない、と僕はすぐに自分を取り戻すと、さて演技だと渾身の芝居を見せるべくトリスタンを真っ直ぐに見つめ、訴えかけた。

「オリヴィエの双子の弟、オリヴィオと申します。ある事情から僕の存在は秘匿されており、今まで国外で過ごして参りましたので、初めてお目にかかります」

「事情とは？」

オリヴィエそっくりの顔であるので『双子』ということは無事に信じてもらえたようである。予想どおり、事情を聞かれたので、ここは正直に答えておこうと口を開きかけたのだが、それより前にトリスタンが問いを発していた。

「双子はこの国では別に忌み嫌われているわけではないよな？　それならどういう事情があったと？」

「は、はい。双子だから、というのが理由ではありません」

そういやゲームや漫画でも、双子は縁起が悪いので片方を隠すだの捨てるだの、そういう設定は時々見かけた。この世界の別の国でもそういう伝承があるのだろうか。よく知ってるなと感心しつつ僕は、それよりも、とトリスタンの情に訴えられるように、目に涙を浮かべながら説明を始めた。

「僕に光魔法の素質があることがわかったためです。この国では光魔法が使える男児は神殿に行かねばなりませんが、神殿で一生不自由な思いをするのは可哀想だと両親が思いやってくれたものと思われます。国を謀る行動であることは勿論、自覚しておりました。しかし長じてから僕もこの国での神殿の評判を聞くにつけ、両親の判断をありがたく思っておりました」

「……確かに、神殿は現在、さまざまな問題を抱えてはいるが……」

もし攻略ルートに入った場合、それを今後立て直すのがマリアと新教皇テオドールなわけだが、どう見てもマリアの攻略対象は皇太子クリスゆえ、神殿は汚職に塗れた状態のままだろう。

それはさておき――いや、あまりさておいてもいけない案件ではあるのだが――話を先に進めねばと気合を入れ直す。

「今回、母がオリヴィエの卒業パーティを知らせてくれたので久々に帰国したところ、オリヴィエがとんでもない過ちを犯したと知り、愕然となりました。オリヴィエは己のしでかしたことを今は後悔しており、心から令嬢には申し訳なく思っていたのですが、口下手と申しますか不器用と申しますか、感情を上手く言葉に載せることができません。また直情型なところがありますので、クリス殿下への謝罪の最中に、感情に任せて殿下の浮気を責め立ててしまうのではという心配もありました。それで僕が彼女の気持ちを代弁すべく、卒業パーティに参加することにしたのです。しかし」

ここで僕は気持ちをたっぷり込め、より涙ぐんでみせた。

「オリヴィエが命を奪ったとされる令嬢が生きているのを知り、心から安堵したのでございます。たとえ令嬢が生きていたとしても、オリヴィエの罪は消えません。既に彼女は修道院に向かっております。決して殿下やトリスタン様を欺こうとしたわけではないのです。ただ単に、姉の気持ちが正しく殿下に伝わるように、それだけのための入れ替わりだったのです。なので」

と僕はトリスタンの前で深く、それは深く頭を下げた。

「どうかお見逃しいただけませんでしょうか。トリスタン様のご迷惑になることには決してならないとお約束いたします。オリヴィエは修道院に参りますし、僕もまた隣国へと旅立ちますので……！」

これでダメだったらまた、クリスの浮気についてネチネチと蒸し返してやろう。本人ではないのでクリスほどの効果はないだろうが、同情はしてもらえるはずだ。

それでもダメならトリスタンを倒して逃げるしかない。しかしそうなれば僕だけでなく公爵家の人間全てが罪に問われることになるだろう。

もうこうなったら殺しちゃう？　いやー、さすがに人殺しはよくないでしょう。命を狙われているわけでもないのに、己の身を守るために攻略対象の一人を手にかけるなんて、名実ともに『悪役』になってしまう。

僕は令嬢ではないので『悪役令息』か。うーん、ちょっとBLチックだな、などと頭を下げながら考えていた僕の耳に、トリスタンの深い溜め息が聞こえてきた。

怒りを含んでいるように聞こえる。何かしらの感情を抑え込もうとしている気配がビシバシ伝わってくるが、どんな感情だろう。

悪役令息になっちゃう、なんて心配をしている場合ではないのかもしれない。今この場で断罪してやると剣を抜かれたりして、と僕は恐る恐る顔を上げ、トリスタンの表情を窺った。

「……話はわかった」

トリスタンの眉間には縦皺が寄っていたが、殺意は特に感じなかった。もしかして不快にも思っていなかったりして？　と彼の顔をまじまじと見つめる。

「なんだ？」

見すぎたのか、トリスタンの眉間の縦皺が更に深まり、そう問いかけてきた。

「いえ……それでは見逃していただけると……？」

言質を取った時点で僕も風魔法を使いこの場を立ち去ろう。待てよ。全ての属性の魔法を使えるのなら、もっと遠いところにも行けちゃったりして。試しに隣国に向かってみるかと目論んでいたが、世の中、そう甘くはなかった。

「見逃すことはできない」

「…………」

ですよねーと納得しつつも溜め息をつかずにはいられない。記憶を消したりはできないんだろうか。試しにやってみるか。あ、もしかしてその手の魔法は禁呪とされる闇魔法か？　だとしたらますます立場が悪くなるかも。

やはり今は『そこをなんとか』と泣き落とすしかない、と僕は心を決めると、そのためには涙、と悲しい出来事を思い浮かべた。所詮僕は女優ではない――当たり前だ――ので、都合よく涙を出したり引っ込めたりはできないのだ。そんなことでは紅天女（くれないてんにょ）は、と黒いドレスのあの女性を思い浮かべそうになり、だから違う、と気持ちを切り替える。

「……お願いです……！　トリスタン様！」

しまった。もう彼には僕が男だとバラしたあとだ。男の涙にどれほどの効果が認められることか。だが、家族を思い、姉を思い、と情に訴え、僕の身はどうなってもいいんです、くらいの芝居を打ってみよう。なんとか涙を搾り出すと僕はトリスタンに、家族愛を主張しようとしたが、それより早いタイミングでトリスタンが口を開いていた。

「白々しい演技はいい」

「そんな……っ」

　見抜かれたかと開き直るのはまだ早い。ショックを受けた美少年でいこう。自分を『美少年』というのも恥ずかしいが、まだこの容姿が自分という気がしないのだから仕方がない。

　容姿といえば、と僕は生前をふと思い出した。気を許した相手に対しては心の声と同じくらいの熱量と早口で喋るので、よく『おとなしそうな外見を裏切る』と揶揄（やゆ）されていた。しかし『気を許した相手』の数が少なすぎるので本性はほとんど知られていない。会社で知っているのは、大学から一緒だった親友の勇気くらいのものだと、懐かしいその顔を思い出していたが、ほぼ彼と同じ顔のトリスタンに、

「演技じゃないとでも？」

　と睨まれ、我に返った。

「本心からでもあります。僕は姉と家族を守りたいんです。このままでは全員処刑されてしまうかもしれませんので」

　少なくともゲームではそうなっていた。その未来を変えようとしているのだと、僕はトリスタンを睨んだ。泣き落としはきかないとわかったからだ。

　僕というイレギュラーな存在がこの世界にやってきたことで、未来は変わると思っていた。

しかし転生ものでよくある『ゲーム補正』が働いてしまっているのだろうか。どの道我が公爵家は処刑エンドから逃れられないというのか。それを避けるためには、どうしたらいいのだろう。

トリスタンを拉致する――とか？

逃がしてもらえないのなら共に逃げるまで。先程彼は迎えを呼んだが、それが来るより前に彼を攫おう。

よし、と心の中で頷くと僕は、まずはトリスタンを気絶させるために彼の隙を見出そうとした。が、トリスタンはそんな僕に、実に驚くべき提案をして寄越したのだった。

「もし俺に協力してくれるのなら、オリヴィエとの入れ替わりのことはクリス殿下にも誰にも報告しないと言ったら？」

「え？」

何を言い出したのかと、僕は唖然としてトリスタンを見やった。

「あなたが殿下に報告しないなんて、あり得るんですか？」

決して腰巾着と揶揄したかった訳ではない。トリスタンはクリスに忠誠を誓っており、彼のためなら己の命をも擲つという、忠誠心の塊のようなキャラだからである。

なのに『クリスに報告しない』など、口から出まかせとしか思えない。懐疑的な目を向けた僕にトリスタンは、

「言いたいことはわかる」

と頷いたあとに、ふう、と大きく息を吐き出した。

「……クリス殿下への忠誠心が揺らいだ訳ではない。その逆だ」

「逆とは？」

忠誠心があるなら、僕を見逃すはずがないと思うのだが、と首を傾げる。

「……少なくとも俺の知るクリス殿下は、婚約者のある身で他の令嬢にうつつを抜かしたりはしないのだ。たとえ婚約者がどれほど問題ある女性であっても」

「………」

確かにオリヴィエには『どれほど』と言ってしかるべき問題はあった。だがそれを身内に言うのはどうなのだと、つい白い目を向けてしまう。

「オリヴィエ嬢のことを言っている訳ではない。たとえ話だ」

一応のフォローをしてくれたが、妙に早口だから多分、本心ではないのだろう。オリヴィエだって、クリスがマリアにメロメロにさえならなければ、あそこまで歪みはしなかったと思うぞと心の中で僕が呟いた、その声が聞こえたかのようなタイミングでトリスタンが話し出す。

「クリス殿下は皇太子という立場をよくわかっていらっしゃった。婚姻を結ぶのは公爵家の令嬢でなければならないということにも納得していたのに、あるときから『真実の愛』に目覚めたなどという発言をされるようになった。そう、マリア嬢と出会ってからだ」

トリスタンがここで深い溜め息を漏らす。

「……マリア嬢は光の魔法の属性があるとはいえ、平民だ。将来の皇后にはなり得ない。側妃として取り立てることも危ういだろう。しかし殿下はマリア嬢との『真実の愛』を貫きたいという妄言を臆面もなく告げるようになったのだ。到底、信じられなかった」

どうもトリスタンは興奮してきた様子である。クリス本人にはぶつけることができないがゆえに、堪えに堪えてきた怒りを爆発させているのかもしれない。

「熱病に浮かされているのかと思うほどに、マリア、マリアと、彼女の名を呼び続けている。成績も下がった。剣の稽古にも来ない。堕落したとしか思えないのだ」

さっきからトリスタンはクリスのことしか言っていない。彼の忠誠心は確かに失せていないとわかるが、気になったのはクリスの状態だった。

ゲームでの彼は『堕落』などしていただろうか。マリアと街にデートに行ったり、森にピクニックに行ったりはしていたが、勉強や稽古をサボっているという描写は特にしなかった——と思う。

しかし、ならいつ行ったのだ、という話にはなるか、と僕はつい、その場で、うーん、と唸ってしまった。

制作側は全く気づいていなかったが、クリスルートは彼を堕落させていたのか。いや、性格的には凛々しいままだったはず、と、ゲームの流れとクリスのキャラクターをざっと思い出す。

しかしそうかー。確かに授業をサボらないと、ああもたくさんデートはできないだろうなあ。制作しているときには全く気づくことがなかった自分が恨めしい。発売されたらネットでは低評価の嵐になったりして。我が子ともいうべき、自分が作ったゲームが人から悪く言われるのは耐え難い――。

「聞いているか?」

いつしか一人の世界に入り込んでいたことを気づかせてくれたのはトリスタンだった。

「は、はい。もちろん。クリス殿下が堕落されているとしか思えないというお話ですよね」

そうだ。僕はもう死んでいる。ゲームの発売後のことを考えたところで知る術(すべ)はないのだった。それより今、生きているこの世界のことを考えねば。って、生きてるなよな? そもそも? と、またも一人の世界に入りそうになったのがわかったのか、トリスタンに咳払いされ、慌てて彼に真面目な顔を向ける。

「それで? トリスタン様は何をおっしゃりたいのです?」

クリスに関する愚痴? 誰にも言えないからここで思う存分言っておきたい? にしても相手に僕を選ぶわけがない。

自然と眉を顰めてしまっていた僕は、続くトリスタンの言葉に驚いたせいで、大きな声を上げてしまった。

「クリス殿下は洗脳されているのではないだろうか」

「せ、洗脳⁉」

そんな設定、作っていないんですけど？　唖然として問い返した僕の前で、トリスタンが悩ましげな顔になり、ぼそりと呟く。

「表現が悪かったか……言い直そう」

と、気を取り直した様子となった彼は再び口を開いたが、やはりその発言は僕を仰天させるものだった。

「マリア嬢は、魅了の魔法を使っているのではないかと思うのだ」

「魅了の魔法って、禁呪と言われる闇魔法の一種じゃないですか⁉」

ヒロインが闇魔法？　光の魔法の使い手のはずだが？　ヒロインが闇魔法を使えるなんて設定ももちろん、僕たちは作っていなかった。

「……だからこそ、君の協力が必要なんだ」

「……何をすればいいんですか？」

協力を求められるとは思っていなかった。何せ僕は『悪役令嬢』オリヴィエの身内だ。その上、彼を含んだ帝国の皆を騙して逃げようとしたところだ。信用されるはずがないと思ったのだが、と、つい声に疑念が現れてしまった。しまった、と取り繕おうとしたが、それより前にトリスタンが僕へと身を乗り出し、訴えかけてくる。

「共に首都に戻り、クリス殿下を正気に戻してもらえないだろうか」

「ええっ⁉」

僕とですか？　今日会ったばかりの？　驚きの声を上げてしまったが、理由を聞いて納得した。

「先ほど言っていただろう？　光魔法の使い手だと」

「ああ、なるほど」

帝国内で光魔法を使えるのは今はマリアのみとされている。彼女に対抗するには同じ属性の魔法の使い手がいれば心強いと考えたのか、と頷いた僕に、トリスタンもまた大きく頷いてみせたあとに、更にずい、と身を乗り出してくる。

「承諾してくれるのだな？」

「えっと……」

承諾する以外の選択肢が僕にはあるのだろうか。自分の身はともかく、家族を救うには協力一択だ。

「わ……かりました。協力します。協力しますので、オリヴィエの行方は追及しないでもらえますか？」

駆け引きをできる立場にはないのだが、そこに気づかれませんようにと祈りつつ言質を取ろうとする。

「約束しよう」

さすが脳筋と言おうか、トリスタンは狙いどおり頷いてくれ僕を安堵させた。

「ありがとうございます。ああ、でも……」

オリヴィエの扮装のまま、戻るわけにはいかない。それで僕はカツラを脱ぎ、本来の髪型をトリスタンの前に晒した。トリスタンは少し驚いたように目を見開いたが、すぐ、うーん、と唸ってみせる。

「オリヴィエ嬢と同じ顔だな」

「髪の色を変えましょう。あとは眼鏡でもかけますか。学園内は魔法は使えないんですよね？……ああ、でも」

今日が卒業パーティということは、しばらくは学園は休暇となるはずだ。休暇中はシールドが外されるという設定だったので魔法で少し姿を変えても問題ないなと、自分にかけてみる。

「高度な魔法を使うのだな」

輝くような金髪を地味な薄茶に、瞳も同じ色にする。下に男物の服を身につけておいてよかったと、喪服を脱ぎ捨てると、トリスタンは、まじまじと僕を見たあと、うん、と満足そうに頷いた。

「オリヴィエ嬢の面影は全くないな」

「良かったです。あ、名前も変えたほうがいいですね。うーん」

オリヴィオだとバレバレだが、何にするか、と考え、そうだ、と思いつく。

「トモヤと名乗ることにします」

「トモヤ……トモヤか……」

言わずとしれた生前の名前だが、当然ながらトリスタンがそれを知るはずがない。この世界では馴染(なじ)みがない名前の響きだからか、数回呟いたあと、うん、と小さく頷いた。

「わかった。トモヤ。よろしく頼む」

すっと差し出してきた右手を握り、頷く。

「はい。よろしくお願いします」

と、そこに馬の嘶(いなな)きが聞こえてきて、彼が呼んだ馬車が近づいてきていることを察した。

「まずは我が家に向かう。オリヴィエ嬢の馬車が襲われたことは当面、報告しないでおこうと思う」

「北の修道院に確認を取られないでしょうか」

そこは心配なのだが、と告げた僕にトリスタンが、

「大丈夫だろう」

と微笑み頷く。

「北の修道院は来る者は拒まず、だが、修道女以外の立ち入りはたとえ皇族であっても認められない。中に誰がいるといったことも秘匿されているから、問い合わせたところで答えは得られないはずだ」

「そうなんですね」

北の修道院について、細かい設定は決めていなかった。北の地の果てにある、相当厳しいところで一度入ったら出られない。テオドールルートでは、彼と聖女の素質を持つマリアを陥れようとし、彼女を北の修道院送りにするという陰謀があったが、結局は回避されてしまうので詳しく決める必要はなかったのだ。

なるほどね、と納得しているところに馬車が到着し、僕とトリスタンは話を続けるために中に乗り込んだ。

「マリアについて、君はどういう話をオリヴィエ嬢から聞いている？」

早速話を振ってきたトリスタンに、「そうですね」と答えながら頭の中でざっと考えをまとめる。

実際には、オリヴィエからはマリアについてほとんど聞いていない。ゲームとどれだけ違うのか、この機会に確かめるか、と決めると僕は、トリスタンへと視線を向け、口を開いた。

「姉の主観がかなり入っているかと思いますけど、クリス殿下を横から掻っ攫った泥棒猫、と」

「……まあ、彼女の視点からすればそのとおりなのだろうな」

トリスタンが思慮深い顔で頷く。

「マリア嬢が積極的だったのでしょうか？」

肯定されるとは思わなかったので驚いて問い返す。トリスタンの表情は相変わらず思索中というものだったが、やがて彼は、

「彼女には一般的な礼儀作法が全く身についていなかったんだ」

と肩を竦めた。

「……はあ……」

そうそう、平民のマリアは、貴族の社会のルールも知らなければ礼儀作法にも疎いのだった。なので入学式の日によりにもよって皇太子に式典が行われる講堂の場所を聞いてしまう。他の生徒が皇太子に遠慮した結果、遠巻きにされていたため、一人ポツンと立っていて暇そうに見えたから、というのがその理由なのだが、だとしてもなぜに異性に声をかけるのかと、僕はツッコミを入れずにはいられなかった。

それがある種の『お約束』であるので、敢(あ)えてそういう流れにしているのだが、普通に考えたら親切そうな同性、それ以前に教師などの大人を選ぶのではなかろうか。道案内以外の目的があったのではと勘ぐられても仕方のない行為であると思う。

「……つまり、話しかけるのは身分の高い者から、ということも知らない上に、婚約者のいる相手とは親しげにしてはならないといった常識がないから、マリア嬢の行いには目に余るものがあったと、そういうことですか？」

「クリス殿下だけではないからな。マリア嬢が親しくしているのは」

トリスタンに言われ、僕は思わず「あー」と声を上げてしまった。

「なんだ」

トリスタンが眉間に縦皺を刻み、僕に問いかけてくる。

「いえ、その……」

上手く説明できる気がしない。しかし、これもまた乙女ゲームの特長というか特性というか、誰ルートか決まるまでには、複数の攻略対象とフラグが立つというのが『お約束』の一つではあった。

「あ、トリスタン様も親しくされていたんですか？」

もし答えがイエスだったら、幻のハーレムエンドと言われるレアな状況ということだ。必要スキルと共に、全員の好感度を九割以上にするというのは、常人には不可能じゃないかと、作りながら思ったものだ。

とはいえ、どんな世界にもマニアはいる。廃人になるほどやり込めばまあ、なんとか達成できるというプログラムを組んだが、発売後に苦情が来るのではないかと、実は心配だった。

「いや。俺は別に」

トリスタンが不快そうな顔になったところを見ると、ハーレムではないらしい。となると、教皇テオドールか魔導士サリエリか。と納得しかけていた僕の前で、トリスタンが不快そうな表情のままぼそりと呟く。

「クリス殿下はどうしてあんな女に入れ上げているのだか……」

「……もしや……」

ヒロインであるマリアには靡かず、口を開けば皇太子クリスのことばかり。そんなトリスタンの様子を目の当たりにし、僕はこのゲームのボツになった設定を思い起こしていた。

攻略対象のビジュアルは、どのキャラも実に魅力的だった。そしてクリスとトリスタンのように、普段からキャラ同士の接触もある。となると、ヒロインとではなく、キャラ同士のカップリングを妄想する腐女子も取り込めるのではと、いっとき、裏設定としてＢＬ展開も作ろうかという意見がチームリーダーから出たのだった。

乙女ゲームユーザーと腐女子、両方向を狙うのには虻蜂取らずになる危険があるのではと案じていたので、僕としてはあまり乗り気ではなく、ボツになってホッとした。もしやその設定がこの世界では生きていたりして。

トリスタンの想い人はマリアではなくクリスだと？

「とにかく」

僕がそんなことを考えているのがわかったかどうかはともかく、トリスタンは咳払いをしたあと、気を取り直した顔になり、僕に訴えかけてきた。

「なんとしてでもクリス殿下を救いたいのだ。そのためにも力を貸してもらいたい」

「わ……かりました……！」

やっぱりＢＬ裏設定が生きているようだ。トリスタンの恋の成就を応援するのが、僕の、そしてオリヴィエや公爵家を救うことに繋がるのであれば、協力するしかないじゃないか。

しかし裏設定については、ほとんど覚えていないんだよなと記憶を辿っていた僕の耳にトリスタンの声が響く。

「ありがとう」

「いえ」

あまり考えることなく答え、トリスタンの顔を見た僕の目に飛び込んできたのは、彼の心からの笑顔だった。

「……こ、こちらこそです」

さすが攻略対象、実に魅力的である。こんなスチルがあればプレイヤーも喜ぶだろうな、と思うと同時に僕は、もう二度と、制作に携わることはできないんだよなと思い知らされ、込み上げる溜め息をグッと飲み込んだのだった。

トリスタンの家はそれは立派なお屋敷だった。マラスコー家と比べても遜色ないが、邸内の雰囲気はまるで違う。装飾物は鎧や盾の、まさに騎士の家、という感じなのだ。ちなみにマラスコー家はいかにも煌びやかな貴族の館、といった雰囲気である。

トリスタンはすぐに父親に呼ばれてしまい、僕は彼の家の使用人に客用寝室へと案内された。やがてトリスタンがその部屋にやってきたのだが、彼の表情は疲れ果てていた。

「ど、どうしたんです？」

そういや彼ルートの『障害』は父親だった。偉大すぎる父の息子に対する要求は高く、少しでも自分の望まぬ方向へいこうとするとそれは厳しく叱責するのだ。もう粛清と言ってもいいレベルなのだが、トリスタンは父を尊敬しているだけに反発をすることもなく、自分が悪い、と自己嫌悪に陥ってしまう。

ヒロインに愛されることで自己肯定ができるようになる、という設定なのだが、今目の前にいるトリスタンは先ほどの言葉からすると、ヒロインには惹かれていないようである。それどころか敵対しているとなると、彼の障害は誰が解除してくれるのか。

まあ、僕ではないよな、と思いつつも、なんだか気の毒になり、僕は彼に対して手をかざし、

「ヒール」

と告げた。掌（てのひら）からいかにも清らかな白い光が彼に向かって放たれる。疲れを癒してあげたのだった。

「……気遣いに感謝する」

トリスタンは一瞬、啞然とした顔となったが、すぐ、表情を引き締め僕に頭を下げた。

「いえ、こんないい部屋を用意してくださったお礼です」

来客扱いしてもらえるとは正直、思っていなかった。何せこちらの立場は弱い。なのでちょっとゴマを擂（す）っておくかと光魔法の一つである回復魔法をかけてみたのだが、効果は絶大だったようだ。

「光魔法の使い手ということもこの目で確かに見た。君は凄いな」

トリスタンはすっかり感心した様子となっている。ゲームでは確か、課外授業の最中、魔物が現れ、トリスタンやクリス、それに魔導士かつ授業に同行していた教師であるサリエリらがそれを倒すのだが、魔物の数が半端なく、怪我人が大勢出ることとなった。マリアはそのときはまだ、光魔法を自在に操ることができなかったのだが、その惨状を目の当たりにし、皆を救いたい、と強く祈ったことで覚醒するのである。

その場にいた皆がマリアの神々しい姿に見惚れる、というスチルは、僕が大学のときに作っ

たバージョンでは、一番のお気に入りだった。商業化されるにあたっては、クリスが思わず彼女の手を取る、恋に落ちた瞬間、というものに変更されてしまい、密かに残念に思っていたところである。

一瞬にしてその場にいた大勢の生徒の怪我を治すような大仰なものではなかったが、『光魔法』というだけで『凄い』と言われてしまうと、なんだか面映い。

「それほどでも……」

「謙遜しなくていい。君は凄いよ」

謙遜ではなかったのだが、トリスタンの僕への好感度は一気に上昇したようだ。ハートが何パーセントになっているか見られたりはしないだろうか。よくラノベでは『ステータス』と言うと目の前にステータス画面が出てきたりするのだが、ここで確かめることはさすがにできない。

「凄くはないですよ。凄いのはマリア嬢じゃないですか?」

そういえばトリスタンは、見惚れたりしなかったんだろうか。彼女の好感度がなぜ上がっていないのか。あ、彼の想い人はクリスだからか、と疑問にすぐ答えを見つける。

うーん、BL展開か。しかし考えようによっては、ハーレムエンドより健全かもしれない。マリアの愛を得られなかった他の攻略対象にも幸せになってほしいと願うのはそれぞれのキャラにも思い入れがあるからだ。

大学のサークルでは、全く意見が合わない後輩がいた。彼女曰く、当て馬になったキャラはいつまでもヒロインを想い続けてほしい、それが理想だと言うのだが、僕には理解できなかった。しかし何かの折にその話題が出た際、親友の勇気もまた同じ意見だったのには驚いたものだ。彼は常に『本命』で、当て馬になることがないためだろうかと思ったのだが、勇気は、

「そうじゃなくて」と理由を説明してくれた。

「当て馬にとっては、いくら報われなくても、一途に想い続けることが幸せなんじゃないかと思うからさ」

その意見は、後輩と似ているようで別物だった。後輩は『それが自分の好みの展開』という理由で好きだったが、勇気は当て馬キャラの幸せを考えての選択だ。やっぱりいいやつだよなと実感したものだった——と、なんでそんなことを、今、思い出したのだろう。それどころじゃない、と僕はトリスタンがどう答えるかと彼を見やった。

「彼女が覚醒したときのことを言ってるのか？　ああ、確かに凄かった。大勢の生徒が彼女のおかげで回復したし、一人として命を落とした人間はいなかったから」

それはありがたいと思っている、と続けたあとトリスタンは、

「しかし」

と一段と厳しい顔になり、僕をキッと見据えながら話し出した。

「婚約者のいるクリス殿下に対してだけでなく、教師のサリエリや神官候補のテオドールに対

して、積極的にアプローチを仕掛けているところを何度も見た。俺に対してもだ」

　トリスタンの顔が嫌悪に歪む。彼の一人称は『俺』だったっけ？　と、どうでもいいことに思考がいきそうになるのを踏み留まると、質問を開始する。

「サリエリ先生に関してはどのようなアプローチを？」

「魔法の特訓を理由に研究室を訪ねている。特訓は彼女からの申し出だ。光魔法を早く習得したいからという……」

「……まあ、妥当と言えば妥当ですね」

　サリエリは優秀な魔導士なのだ。ただ光魔法については彼も使えないだろうから、特訓ができるか否かはわからないが、理論は多分習得しているのだろう。

「妥当か？　未婚の女性が夜、二人きりで会うんだぞ？」

　トリスタンが信じられない、という顔になる。

「夜なんですか？」

「ああ。夕食が終わってから就寝までの自由時間をほぼ毎日、二人は共に過ごしていた時期があった」

「……確か、サリエリ先生は朝が苦手だったような……」

　そんな設定を作った気がする。紫色の髪に銀縁メガネの美形キャラだ。着用しているのは白衣の変形。ちょっと豪華にしてある。

「そうなのか？」

初耳だったようで、トリスタンが意外そうな顔になる。

「はい。低血圧で朝はなかなか起きられないんですよ、先生は」

サリエリルートになると、マリアが朝、コーヒーを手に優しく彼を起こすというスチルがあった。もちろん、夜通し一緒にいたわけではなく、早朝に彼女が訪ねていくのだが。このゲームは全年齢対象の健全なものだから。

R指定にしようかという案も一瞬出たが、なんとか回避させた。恥ずかしい話、僕に経験がほぼないため、作り込めないと思ったからだ。さすがに『経験不足ゆえ』という理由を挙げることはできず、全年齢のほうが広く売れる、と馬鹿が言うような意見を主張したのだが、皆、生温かな目で見ていたのでバレていたかもしれない。

って、そんなことはどうでもいいのだ。サリエリは朝が弱いので、早朝の特訓は不可能だった。好感度が上がりまくったあとなら、マリアのために早起きもしようが、八割程度あっても睡眠を優先するだろう。

「早朝ではなく、夜に特訓を行なってたんですね？」

確認を取ったのは、マリアがどこまで攻略を進めていたかを知りたかったからだった。

「ああ。学園長からストップがかかったようで、数ヶ月前に打ち切られたと聞いている」

「ああ、なるほど」

サリエリルートの『障害』の学園長。サリエリの育ての親であるため、彼にだけは天才魔導士も頭が上がらないのだ。サリエリルートでは夜中の特訓を重ねて好感度を上げていく必要があるし、イベントもその際に起こるのが二つある。打ち切られたということは『障害』に負けたのだろう。

それでクリスルート一本に絞ったのかもしれない。一応、ライバルとか友情とか、その方面に進んでいないかも確かめるかと、僕はトリスタンに問いかけた。

「サリエリ先生のほうでは、マリア嬢に対し、どの程度好意を持っている感じなんですか？」

「彼女にだけはたまに笑顔を見せる」

「あー……」

サリエリはツンデレキャラなのである。他の生徒たちには『鬼教官』、マリアに対してはそれ以上に厳しく接するのだが、それも愛ゆえで、たまにデレるのがレアでいい、と、そこが人気となっていた。

本当にゲームどおりなのだなあと、当たり前のことに感心したものの、すぐに我に返り問いかける。

「サリエリ先生はマリア嬢に何かプレゼントしていませんでしたか？　髪留めだったかな」

「そこまでは知らない。マリア嬢のほうではクッキーを渡していたが」

「課金アイテム！」

思わず叫んでしまったが、トリスタンにぎょっとされ、慌てて口を閉ざした。

「かきん……？」

「い、いえ。なんでも。クッキーで好感度を上げようとしたのかなと……」

『好感度』はゲーム用語ではあるが、世間一般にも通じる言葉だ。しかし『課金』はいかん。

慌てて誤魔化すと僕は、もしや、とトリスタンに問いかけた。

「マリア嬢はクリス殿下やテオドールにもクッキーを渡していたのでは？」

「ああ、彼女はお料理クラブに属している。彼女の作ったクッキーを食べると魔力が増すとも言われていた。真偽の程は知らないが」

憮然(ぶぜん)とした顔でそう告げたトリスタンの言いようからすると、と問いを発する。

「トリスタン様は食べてないのですね？」

「甘いものは苦手だからな」

「えっ。それ、人生半分損してますよ」

反射的に言い返してから、しまった、と慌てて取り消す。

「すみません、余計なお世話ですよね」

生前、親友もまた甘味が苦手で、似たような会話をしたものだから、つい、それが出てしまった。

「いや」

意外にもトリスタンは不快になることもなく、苦笑で僕の謝罪を流してくれた。

「その自覚はある。母上や姉上が菓子を美味しそうに食べているところを見るにつけ」

「そうなんですね」

トリスタンには姉がいたのか。彼の家庭については父親しかクローズアップされていないので知らなかった。姉がどんな女性かという設定は作っていただろうか。

自分が作ったゲームの世界とはいえ知らないことが結構あるなあ、としみじみしそうになり、いかん、と自分を取り戻すと僕は、次はテオドールだと問いかけた。

「テオドール様にはどのようなアプローチを？」

「孤児院の慰問に付き合ってやっている。これもマリア嬢からの申し出だ」

「……普通にいい子ですね」

テオドールはその孤児院出身なのだが、実は現教皇の隠し子なのだ。ちなみに教皇をはじめとする神官は婚姻が許されているのだが、さすがに妻以外の女性と関係した上、子供まで作るような醜聞は避けたかった。それでテオドールの存在をひた隠しにしたのであるが、皮肉なことに神官としての才が最も高かったのが、この非嫡出子であるテオドールだったというわけだ。

神官としての才能というのは、いわゆる『神聖力』というもので、魔力とはちょっと異なる。病気を治すのもこの『神聖力』なのだが、光魔法と通じるところがあり、それでテオドールはマリアに興味を持つのだった。

光魔法を使えるマリアを味方にすることができれば、次世代の教皇となり、自分を捨てた父親を見返すことができるという下心があって近づいたが、マリアから純粋な好意を受け、改心するというストーリーだ。

ビジュアルは天使のような美少年で、プラチナブロンドの髪色にアメジスト色の瞳の持ち主である。身長はそう高くないが、それはまだ大人になりきっていないからで、教皇になる頃には百八十センチ以上の美丈夫——脱いだら凄いマッチョ——となっている。

「テオドール様もマリア嬢のクッキーを食べたんでしょうか」

「さあ……彼は学年も違うしそう親しくないからわからない」

トリスタンは首を傾げて答えたあとに、問い返してきた。

「クッキーに魅了の魔法がかかっていると考えているのか？」

「可能性としてはあるかなと。クリス殿下は召し上がったんですよね？」

ハートクッキーは好感度を上げる課金アイテムだった。ログインすればクッキーを一日一枚もらえるが、好感度を上げるには数十枚必要となるので、手っ取り早く先に進めたい人は課金することになる。もちろん、卒業までに好感度を上げ切ればいいので、無課金でもゲームは楽しめる。しかし好感度が上がってないと発生しないイベントが多数あるので、皆課金に走るだろう——という、捕らぬ狸（たぬき）の皮算用を制作チームではしていたのだった。

「ああ。食べていた。殿下は甘いものがお好きなのだ」

「毒味させていたらその毒味役も魅了されている危険がありますね」

側近がマリアに好意的になっていたら、クリスに近づくのも容易くなる。皇太子が平民の女性と親しくすることをよしとしないというのが貴族間での常識だが、側近が皆、マリアに参っていればその限りではない。

「クッキーに闇魔法が使われている、か……」

なるほど、と唸ったトリスタンを前に僕は、

「決めつけるのはまだ早いかもしれません」

と慌てて告げた。そもそも課金アイテムであるハートクッキーに『闇魔法』がかかっているかどうか、確かめねばならない。

もしかかっていたとしたら——なんだかショックだ、と溜め息を漏らしそうになり、慌てて堪えた。

「どうした？」

しかし眉間に縦皺が寄っていたからか、トリスタンが訝しそうな顔で問うてくる。

「いえ……言われてみれば、相手の好感度を上げるというのは、その人の感情を操ろうとするのと同義なんだなと、今更気付いてしまっただけです」

ゲームを作っているときには全く意識していなかった。便利なアイテムとしか思えなかったが、実際、生きている人間に使うとなるとそれこそさっきトリスタンが言った『洗脳』と同じ

になりかねない。

「当たり前ではないのか？」

トリスタンが不思議そうな顔になる。

「当たり前のことに気づかなかった、そのことにショックを受けているというか……」

ゲームの世界は作り物——作っているのは自分たちだから、どうしてもその意識がある。登場人物たち一人一人にも人生があるということを、今まで僕は考えていただろうか。

主要なキャラクターたちに関してすら、突き詰めて考えていなかったかもしれない。なんだか申し訳ない気持ちになってきた、といつしか俯いてしまっていた僕は、肩にポンと手をのせられ、ハッとして顔を上げた。

「よくわからないが、気づいたのだからいいんじゃないのか？」

「……あ……りがとうございます」

まさかトリスタンがそんなフォローをしてくれるとは。今さっき会ったばかりの、しかも皇室を謀ろうとしたオリヴィエの弟に、優しい言葉をかけてくれるトリスタンは本当にいい人だ、と僕はまじまじと彼の端整な顔を見つめてしまった。

「なんだ」

あまりに見すぎたからか、トリスタンの眉間にまた縦皺が寄る。

「あ、すみません。嬉しくて。ありがとうございます」

なんとなく双方歩み寄っている状況ということであれば、また距離が遠のいてしまっては勿体無い。慌てて頭を下げた僕にトリスタンは、

「変なやつだな」

と苦笑し、彼の眉間が滑らかになっていることに僕は安堵したのだった。


翌日、僕たちは、マリアに一定以上の好意を持っていると思われる人間にヒアリングをかけることにした。

攻略対象二人にコンタクトを取りたかったのだが、トリスタンになぜその二人かという説明を求められたときのことを考え、そういう流れに持っていったのだ。

最初に訊ねる相手はサリエリに決めた。彼は学園の教師用の寮に住んでおり、休日であっても学内の研究室にいる確率が高いということで、まずはそこを訪れてみることにする。

「サリエリは魔法のプロだけれど、そんな彼が魅了の魔法に易々とかかりますかね？」

サリエリは魔法オタクだ。本人も火、土、風の三つの魔法属性を持つが、それ以上に彼の魔法に関する知識は帝国の叡智と言われていた。国立図書館の蔵書全てが彼の頭の中に入っているという。

そんな天才を生徒たちはもちろん、教諭仲間も遠巻きにしていた。嫌っているわけではなく、同じ人間とは思えないという、神格化に近い扱いをされていたのである。

そのサリエリがマリアに興味を持ったのは、光属性の魔法が使える希少な存在だったからだ。しかしマリアとの触れ合いの中で、初めて彼は人間扱いされ、急速に彼女に惹かれていくのだった。貴族の間では皆が知っているサリエリの存在を、平民の彼女は知らなかったので、臆することなく声をかけられたというわけだ。

「彼に会って何をどう聞くつもりですか？」

僕には何も策がない。トリスタンはどうだろうと聞いてみたが、彼もまた、深く考えてはいなかったらしく、

「そうだな」

と思索を始めてしまった。

「マリア嬢が魅了の魔法を使っているかどうかを確認するには……」

僕も考えたが、少しもいいアイデアは浮かばず、二人して顔を見合わせたあとに口を開く。

「そのまま聞くか」

「当たって砕けろですかね」

期せずして同じような言葉をほぼ同時に告げたことに気づき、僕たちはつい、二人して笑ってしまった。

「気が合うな」

トリスタンはなぜか嬉しそうである。クリス以外の友達がいないからかもしれない。

「そうですね」

友達認定してもらったと思っていいのか。あれ？　待てよ。もし裏設定のＢＬ展開が生きているのであれば、彼の恋愛対象は同性なんだろうか。

好感度が上がっていたらどうしよう。昨夜一人になってから、自分のステータスを見ることができるか試してみた。『ステータスオープン』で無事に開いたが、自分以外のステータスを見ることはできなかった。

たとえば今、トリスタンに向かって『ステータスオープン』と告げたら、彼のステータスは見えるようになるんだろうか。試してみたいが、自分のステータスを見せたい人間はいないだろうから、下手をしたら斬り殺されかねないいんじゃないかと思う。

好感度を高められても困るが、斬り殺されるのは勘弁だ。なので彼の好感度は確かめようがないのだが、クリス殿下から急に僕に鞍替え（くらがえ）することはまあ、まずないだろう。

無用の心配をしていないで、これからのことを考えよう。展開は読めないものの、攻略対象に会えるのはありがたい。自分が作ったキャラに会えるなんて夢のような出来事だからだ。

オリヴィエとクリス、それにトリスタンは、そのまま、という気がする。マリアはちょっと想定外なところがあった。姿形はそのままなのだが、性格面が、ゲームの『天使のような』とまではいかない気がしたのだ。オリヴィエの謝罪を彼女は受け入れなかった。ゲームのマリアであれば、慈悲を与えていたのではと思う。

ゲームではオリヴィエは詫びなかったどころか、マリアをさらに攻撃しようとしたため、すぐさま処刑が決まった。そのときマリアはどうしていただろう。青ざめ震えていたんだったか、それともオリヴィエへの慈悲をクリスに乞うたのだったか。

思い出せないいな、と考えかけ、今更ゲームがどうだったかと思い出すことに意味はないと気づく。そう、昨日の卒業パーティでの断罪イベントは僕が大幅に変更した。オリヴィエの処刑は今のところ免れている。大切なのは『この先』のことだ。僕はオリヴィオとして、この世界でこれから生きていくことになるのだから。

よし、と改めて気合いを入れ直すと僕は、サリエリとの面談に備え、彼の得意分野とか好きな食べ物とか趣味とかをざっと思い起こした。たった今の発言を覆すようだが、これは未来のために『ゲームの世界』を参考にしているのでよしとする。って一体誰に対して断っているのだか。

さて。

トリスタンと一緒だったため、学園の門は簡単に開いた。卒業式が終わって、今は休暇期間なので、学内に人はあまりいない。サリエリが部屋にいてくれるといいのだがと祈りつつ向かった研究室の前に立ち、ドアをノックする。

「どうぞ」

決して愛想がいいとはいえないが、それでもイケボだ。まさにゲームそのものの声音が中から聞こえ、興奮してきてしまう。

「失礼します」

トリスタンが声をかけ、ドアを開く。彼に続き、部屋に入ると僕は、意外そうな顔でデスクから立ち上がったサリエリをこっそり窺った。

「トリスタン君か。なんの用だ？」

冷たい表情、そして冷たい声音だが、これが彼の平常運転なのだ。そんな彼がマリアにだけは満面の笑みを浮かべる。そのギャップがたまらない、と、制作チームの中にも彼の強火担の女性がいた。しかし彼女も実際の彼を目の前にしたら、ちょっと腰が引けるのではないかと思う。まさに取りつく島がないのである。

「質問があって来ました。少々お時間いただけませんか？」

トリスタンも負けず劣らず愛想がない。この二人には接点がほとんどなかったように思う。当然ながら授業は受けていただろうが、それぞれのルートに進むとお互いほとんど出てこなくなるのだ。

トリスタン自身のルート以外に彼の出現率が高いのは、やはりクリスルートだった。常にクリスの側にはトリスタンがいる。だからこそそのＢＬ展開となったのだろうが、さて、この二人の間で果たして会話が成り立つのかと、僕はゴクリと唾を飲み込んだ。

「五分程度なら」

「渋っ」

ついツッコミを入れそうになり、慌てて言葉を飲み込む。だがサリエリの注意を引いてしまったようで、

「彼は？」

とトリスタンに問いかける。

「卒業生ではないな？」

「はい。後ほど紹介します。五分しかないので」

トリスタンは僕の紹介を後回しにすると、ズバッと本題を切り込んでいった。

「先生はマリア嬢を特別視しているという声が生徒間から数多く上がったときのことを覚えていらっしゃいますか？」

「くだらないな」

にべもなくという表現がぴったりくる冷たさで、サリエリは吐き捨てるとすっと手を上げ、ドアを指差した。

「出ていってくれるか。時間の無駄だ」

「まだ五分経(た)っていません」

しかしトリスタンも負けてはいない。同じくらい冷たい語調でそう言うと、キッとサリエリを見据え、問いかけた。

「マリア嬢からクッキーをもらって食べたことはありますか？」

「答える必要はない。出ていけ」

サリエリは少しも動じず、再度ドアを指差す。

「彼女のクッキーに闇魔法がかけられていた可能性を疑っています」

だがトリスタンがそう言うとサリエリは、ハッとした顔になり問い返してきた。

「誰がそんなことを言っている？」

「クリス殿下とテオドールは、おそらく彼女のクッキーを食べたと思われます。少なくともクリス殿下は召し上がっています。殿下の側近も」

トリスタンが口にしたのは、サリエリの問いへの答えではなかった。サリエリはそれに対してクレームを言うことなく、じっと考え込んでいる。

「きっかけは、クリス殿下の変化です。殿下は極めて常識的なお方であるにもかかわらず、マリア嬢をお側に置いた。昨日の卒業パーティに先生はいらしていましたね？」

問いはしたが、答えは待たずにトリスタンが喋り出す。

「オリヴィエ嬢のしたことは決して褒められたものではない。修道院に行くに相応しい行為ではありますが、そもそもは婚約者がいるのに蔑ろにした殿下側に問題があったと認めざるを得ません。しかし本来であればクリス殿下はそのような考えなしの行動をとるお方ではないのです」

「恋は盲目……」

ぼそりとサリエリが呟く。

「将来この国を統べる殿下に限ってそれはないかと。充分、自重できるお方です」

トリスタンはきっぱりとそう言い切ると、チラと僕を見たあとまた喋り始めた。

「殿下を変えたのはマリア嬢です。そのマリア嬢は殿下以外の男性とも――あなたやテオドールとも噂になっている。彼女は確かに魅力的な女性ではあります。美人で性格もよく、その上光魔法という珍しい魔法の属性も持っています。しかしそれだけでクリス殿下やテオドール、それにあなたがああも夢中になりますか？　あなたは学園長から特定の生徒を贔屓しないようにと指導を受けたと噂になっていますが、そんなこと、ご自分に起こり得ると、本気で納得していますか？」

「…………」

トリスタンに畳み掛けられ、サリエリは完全に黙ってしまった。暫しの沈黙が室内に流れる。

「マリア嬢からクッキーをもらって食べましたか？」

静かな声音でトリスタンがサリエリに問う。

「……ああ、食べた」

サリエリはがっくりと肩を落とすと、溜め息と共に肯定の言葉を吐き出した。

「……やはり……」

トリスタンが僕に頷いて見せる。課金アイテムのクッキーが、この世界でも威力を発揮していた可能性がこれで高まった、と僕もまたトリスタンに頷き返すと、どこか呆然とした表情で立ちつくすサリエリへと視線を向けていったのだった。

「……魅了の魔法……考えたこともなかった。この私が……」

ようやく思考力を取り戻したのか、サリエリが顔を上げ、トリスタンを見やった。トリスタンが頷く。

「幸い私は甘いものが苦手で、彼女から渡されたクッキーは食べていない。それで殿下や皆の違和感に気づいたのです」

「……言われてみれば……」

サリエリが顔を歪めつつ、喋り出す。

「学園内でも外でも特定の生徒と――マリアと二人きりといった状態にならないようにと学園長に注意を受けたあと、彼女はここを訪れることができなくなった。『二人きり』でなければ来られたが、私の部屋に付き合ってくれる友人がいなかったんだろう」

「クリス殿下と親しくなってからは特に、彼女はクラスでも浮いた存在になってしまっていましたしね」

トリスタンの言葉にサリエリが「ああ」と頷き、話を再開する。

「クッキーを食べなくなってから、マリア以外のことも前よりは考えられるようになった気がすると、今気づいた。以前は彼女の卒業がつらくて絶望していたが、今はそこまでではない……魅了の魔法の効果が切れてきたと、そういうことだろうか」

「あの……」

「どうした？」

まだ紹介もされていないが、どうしても確認したくなり、僕はおずおずと声をかけた。

サリエリではなくトリスタンがそれを拾ってくれる。

「クッキーの現物はもうないんですか？　まだあったら魔法がかけられているかどうかを確かめられるかなと」

「……あると言えばあるがないと言えばない」

「え？」

サリエリは答えてくれたものの、彼の回答は意味不明だった。

「どういうことです？」

トリスタンもまた理解できなかったようで、眉を顰め問いかけている。

「……最後の一つとなったとき、私自身で魔法をかけてしまったんだ。永久保存の」

「保存されているのならちょうどいいのでは？」

永久保存の魔法を解術すれば、と告げた僕をチラと見やったあと、サリエリが恥ずかしそうな顔になりボソボソと言葉を続けた。

「その……他にも幾重にも魔法をかけてしまったんだ。最後に彼女と二人で過ごした日の思い出として、映像と音声をクッキーに封じ込めた。結果、今や私の日記帳のようなものになってしまっている……」

「魔法をかけすぎてもはや原型を留めていないと、そういうことですか……？」

今の説明を聞くに、と確認をとった僕とトリスタンに対し、サリエリが頭を下げた。

「面目ない。形はそのままなのだが、魔法は辿れない」

「……あ、じゃあ」

と、ここで僕は閃き、新たな提案を試みた。

「あなたに闇魔法がかけられた形跡があるか、ちょっと見させてもらってもいいですか？」

「君が？」

サリエリがあからさまに訝しげな顔になる。

「そもそも君は誰なんだ？」

「怪しい人間ではありません。彼もまた光属性の魔法が使えるので連れてきたのです」

僕の代わりにトリスタンが説明する。

「光の魔法だって？」

サリエリの顔がますます訝しげになる。

「説明するよりご覧いただいたほうが早いですね」

トリスタンはそう言うと、僕へと視線を向け頷いてみせた。

「あ、はい」

光魔法か。どうするかなと考え、そうだ、浄化魔法で闇魔法を解術できないかと思いつく。

「ヒール」

言いながら両手をサリエリにかざす。サリエリはギョッとした顔になったが、それは僕の掌からキラキラとした光の光線が生まれたのを目の当たりにしたためのようだった。

「本当だ。どう見ても光魔法だな、それは」

感心して見せたあとに、あれ？　という顔になる。

「どうしたんです？」

トリスタンの問いにサリエリは、「いや」と首を傾げつつ、己の胸の辺りに手をやり身体を見下ろした。

「疲れが取れただけでなく、なんというか……」

そこまで言うとサリエリは顔を上げ、僕を見た。

「……頭の中の霧が晴れた気がする。いや、霧が立ち込めているなどという自覚はさっぱりなかったんだが……」

晴れて気づいた、と呟くとサリエリは、僕に満面の笑みを向けた。

「凄いな、君は。マリアはまだ光魔法が安定していないが、君は完璧に使いこなしている。魔力も強い。もしや神殿から来たのか？　さぞ名のある神官なんだろうな」

「いえ、そうじゃないんです、実は」

サリエリは魔法オタクであるので、光魔法が使えるというだけでも彼の好感度は爆上がりする。知識としては知っていたが、目の当たりにしてしまうと、なんだかなという感想を持った。ちょっと安直に設定を作りすぎただろうかと反省したのである。

「実は？」

サリエリが続きを促してくる。名乗るかどうかはまだ様子を見たほうがいいなと思ったので、彼の身体の状態を確認することにした。

「あ、いえ。なんでも。それよりどうですか？　マリア嬢に対する感情に変化はありませんか？」

浄化魔法をかけた側からすると、肉体面だけでなく精神面も浄化した手応えはあった。しかしそれが魅了の魔法であるかどうかまでは確認ができなかった。まだまだ僕も使いこなせていないということだろう。

「それなんだ」

途端にサリエリが表情を引き締め、僕を、そしてトリスタンを見る。

「君たちが来る前までは、マリアのことが常に頭の中にあった。以前ほどではないとはいえ、

気づけば彼女のことを考えているという状態だったのだが、今はそうした感情はさっぱり消えている。やはり、僕は魅了の魔法にかかっていたようだ」

「やはり」

トリスタンが大きく頷き、僕を見る。そんな彼を、そして僕を見たあと、サリエリは深く溜め息を漏らし、両手に顔を埋めてしまった。

「……ああ。まったくもって情けない。闇魔法の気配にすら気づいていなかっただけでなく、知らぬ間にかけられていただなんて。それでよく魔法の教諭が務まってきたものだと、恥ずかしくてたまらない」

ぶつぶつと反省の言葉を呟くサリエリを前に、僕とトリスタンは顔を見合わせてしまった。気持ちはわからなくもない。オタクのプライドは総じて高いものなのだ。

「先生……」

トリスタンが何かフォローの言葉をかけようとしている。しかし彼の心を慰める言葉は、彼も、そして僕もまったく思いつかなかった。

「……失礼。取り乱した」

プライドからサリエリは自分を取り戻したようで、僕らに向かって軽く頭を下げる。

「いえ」

トリスタンは謝罪を流すとすぐに、彼の知りたいことを問い始めた。

「マリア嬢はクッキーに魅了の魔法がかかっていることを知っている様子でしたか？　そもそも彼女には闇魔法の属性があるんでしょうか？」

「その質問には答えられない。ああ、誤解しないでくれ。答えたくないというのではなく、僕が何も気づいていなかったと、そういうことなんだ」

　マリアの名を出せば落ち込みにUターンしてしまうとわかっていたが、知りたいのは彼女のことのみなので仕方がない。彼が答えられる問いといえば、と、考え、一つ二つぶつけてみることにした。

「魔法の指導がメインだったんですよね？　他にデートで行った場所とかありますか？」

「デート……二人で出かけたことをそう言うのならデートか……」

　サリエリが複雑な表情となり呟いたあと、信じられないというように首を横に振った。

「特定の女子生徒とデートとは。僕は馬鹿なのか？」

「…………」

　今更か、とトリスタンは思ったらしく、何も言わない。サリエリは気まずくなったようで俯いてしまった。

　何かフォローをしたほうがいいかもしれない。このまま黙り込まれていても話が進まないから、と、仕方なく僕は彼に声をかけた。

「それほど闇魔法が恐ろしいということですよ。常識的な先生の判断力を奪うくらいに」

「いくら闇魔法のせいとはいえ、デートだなんて……」

しかしサリエリのショックは大きいようで、まだぶつぶつと呟いている。

トリスタンが、どうする？　というように僕を見る。呆(あき)れる気持ちはわかるが、サリエリは打たれ弱いキャラなのだ、と僕は、もうちょっと耐えてほしいという気持ちを込めて頷くと、サリエリに優しく話しかけた。

「その闇魔法について調べるのに、先生の力が必要なんです。先生は魔法のプロですから。闇魔法についても研究されているでしょう？」

「研究しているのにまんまとかかってしまったわけだ」

しかしさらに落ち込ませてしまい、今やサリエリはすっかり自分の殻に閉じこもっている。

ゲームをプレイしているときも、この豆腐メンタルな彼の攻略には相当イライラしたものだった。このイライラが癖になるという意見もあり、商業化されたものはさらにメンタルが弱くなったのだが、考え直したほうがいいと伝えられるものなら伝えたい。

いや、そんなことよりだ、と僕はメソメソしているサリエリに根気強く声をかけた。

「一度失敗しているのですから、もう失敗はしないはずです。もしかしたらマリア嬢の作るクッキーには、彼女が自覚しないうちに魅了の魔法がかかっていたのかもしれないんです」

「……そんなことが可能だろうか？」

よし、かかった。どんなに落ち込んだときであっても、魔法に関する疑問が生じればサリエりは浮上するのだ。探究心が恋心に勝るというのはどうなんだと思わなくもないが、それはともかく、と僕は身を乗り出すと、一気に捲し立てた。

「もしマリア嬢が故意に魅了の魔法を使ったとしたら、なぜか、ということになる。想い人のハートを射止めたかったというのなら、その人だけに使うんじゃないかと思うんですよね」

「……ああ、そうだな」

ようやくサリエリが会話する気力を取り戻してくれたと安堵したのも束の間、空気の読めないトリスタンが、

「練習用とか？　本命にちゃんと効くか、実験したんじゃないか？」

と、彼の考えを告げる。

「実験……あるかもしれないな……」

虚しげに笑って項垂れるサリエリを前に、余計なことを言うな、と僕はトリスタンを睨むと、

「実験なら何回もあげませんよ」

と必死で持ち直しを試みた。

「もし実験であるのなら、それこそ『故意』ということになるじゃないですか。いくらマリア嬢が魔法についての知識を持っていなかったにせよ……あ、闇魔法について彼女に指導しましたか？　禁呪であるとかそういったことは」

「授業ではやりましたよね、先生。マリア嬢は成績上位者だったので知っているはずだ」

トリスタンの言葉にサリエリは、

「それはそうだが……」

と頷いたものの、完全に同意というわけではなさそうだった。

「とにかく彼女は一般常識に欠けていたから。魅了の魔法が闇魔法であるということを知らない可能性はある」

「……まだ魅了にかかったままなんじゃないか？」

必死にマリアを庇うサリエリを見て、トリスタンが僕にこそりと囁く。

「そうじゃない。僕は教師として全生徒に対して公平な立場で……」

サリエリの耳にも届いたらしく、ムッとした顔になるのを見て僕は、彼がマリアを庇う理由に思い当たった。

マリアがどうこう、というよりはやはり、魔法のプロである自分が闇魔法を見逃したということが許せないのだろう。自ジャンルの知識に関してオタクは高いプライドを持つ。いや、オタク全員がそうだというわけではないけれども。

「マリア嬢に知識があったかどうかはともかく、彼女は自分が好意を抱いた相手に手作りのクッキーを渡していたんじゃないですかね」

なのでここは闇魔法を一旦離れたほうが話が進む。普通に考えて複数の相手に好意を持つっておかしくないか？　と、そこに焦点を当てれば、マリアの異常性が際立つだろうと、そう考えたのだ。

「……どうだろうな」

サリエリが少し戸惑った顔になる。

「どういうきっかけで渡されたんですか？」

「いや……クッキーを作ったから、と」

思い出しつつ答えたサリエリに確認を取る。

「何かのお礼とかでもなかったんですか？」

「……ああ、授業で魔法の知識が全くなかった彼女に対して、他の生徒が馬鹿にするような発言をしたのを窘めた。そのお礼と言って、ここに持ってきたんだった」

そうそう。ゲームと同じ流れだ。その時点ではサリエリの好感度は低いので、受け取るときもあっさりしている。受け取った理由は、サリエリが外見に似合わず、甘いものが好物だったからだ。他の物品であれば突き返していたことだろう。

「好意を持った相手に、というわけではなく、感謝する相手にお礼として渡していた可能性もあるか」

トリスタンが難しい顔になる。魅了の魔法がかかっているなんて知らなかった、ただクッキーをお礼で配っただけ、という言い逃れができると気づいたのだろう。

「しかしよく受け取りましたね。全生徒を公平に扱う先生が」

八つ当たりと言うわけではないだろうが、先ほどの自身の発言を引用し、トリスタンがサリエリに嫌みを言う。

「それは……」

サリエリはムッとした顔になったものの、何も言い返してこなかった。まさに『ぐうの音も出ない』状態だったのだろう。

彼が不機嫌になると事情聴取に差し障りが生じる。仕方なく僕はサリエリ側に立つことにした。

「一度は断ったんじゃないですか？　でもマリア嬢にしょぼんとされ、可哀想（かわいそう）になった。好意でやってくれたことを拒絶するまでもない、しかも好物の甘味となれば、先生じゃなくても受け取るんじゃないですか」

「君」

と、サリエリが僕に声をかけてきた。

「はい？」

「名前は？」

おっと、そういえばまだ名乗ってもいなかった。慌てて僕は自己紹介を始めたのだった。

「トモヤといいます。トリスタン様の知り合いです。よろしくお願いします」

横でトリスタンが微妙な顔になっているが、昨日知り合ったとはいえ『知り合い』は嘘（うそ）ではないはずだ。

「トモヤ君、どうして私の好物が甘味と知っている？」

サリエリの目に疑念が宿っているのがわかる。しまった。ゲームの知識として知っていたからだが、そんな答えを口にできるはずもない。何かいい考えは、と思考を巡らせた結果、名探偵ばりの推理をしたふりをするしかない、という結論に至った。

「好物でもなければサリエリ先生が受け取るはずないと思ったのです。いくらマリア嬢に泣かれようとも」

「なるほど。君は頭がいいんだな」

無事に騙(だま)せたようで、サリエリが感心した顔になっている。よかった、と思ったのも束の間、なぜか彼は僕に立て続けに質問をし始めた。

「トモヤ君は光魔法を使えると言っていたね。光属性の他は何が使えるんだい？」

「ええと、あとは……」

全部使えると言えば問題になりそうなので、適当に誤魔化そうとしたが、横からトリスタンが問いかけてきてしまった。

「火は使えたよな？　他にもあるのか？」

「もしや四大属性全て使えるんじゃないか？」

サリエリの声が弾み、やにわに僕に手を伸ばしてくる。

「えっ？」

「魔力判定機のある場所に案内するのでそれに手を乗せてほしい。君の魔法について知りたいんだ」

「せ、先生、今は僕よりマリア嬢のことが大事です」

サリエリの目がキラキラと輝いている。マリアの魅了魔法が切れたせいもあろうが、彼の興味は今や一身に僕へと向いてしまったようだった。

「それはそうだが……」

残念そうな顔になったサリエリだが、諦め切れないようでチラチラと僕を見ている。

「先生、クリス殿下も魅了の魔法にかかっている可能性が高いことが今、証明されたんですよ？　トモヤの魔法判定どころではありません」

トリスタンもまた加勢してくれた。加勢というよりは、彼にとってのナンバーワン、クリスの目を覚まさせたいという願望を口にしたってだけなのだが。

「あ、ああ。そうだったな。それこそ帝国の危機だ。すぐに確かめねば」

サリエリは我に返った様子となったが、何か思い当たったのか、「あ」と小さく声を漏らした。

「どうしたんです？」

そのあと深く考え込んでしまった彼を訝り、トリスタンが問いかける。

「いや……私は学園長の妨害……いや、注意を受け、クッキーを食べられなくな……いやその、食べるのをやめた。なので光魔法で魅了魔法から逃れることができたが、殿下は食べ続けていたとなると、回復は少々難しいかもしれない」

「なんだって⁉」

「そうなんですか⁉」

トリスタンと僕、ほぼ同時に驚きの声を上げてしまった。

「ああ。闇魔法の解術は非常に難しいんだ。魅了のような精神を操る魔法は特に」

「先生は解術されたじゃないですか。トモヤの光魔法で」

トリスタンの疑問ももっともだが、もしや、と思いついたことを確認する。

「先生の精神は完全に崩壊していなかったから元に戻れたけれども、クリス殿下はクッキーを食べ続けていたとなると、精神がすでに崩壊している可能性があると、そういうことですか？」

「さすがトモヤ君。理解が早い。やはり君は僕の見込んだとおりの男のようだ」

サリエリの顔がパッと輝く。そういうの、今はいらないからと気づかないふりをし、『精神の崩壊』について更に詳しいことを聞いてみる。

「魅了の魔法は相手に好意を抱かせるものですが、それで精神は崩壊するんですか？」

「精神というか自我だな。自我が崩壊した人間はもう、別人だろう？　もし完全に崩壊しているとなると、クリス殿下はもはや本来の殿下ではない。マリアに夢中の新たな人格が確立されていることだ」

「……恐ろしいですね、たかだかクッキーを食べただけでそうなるとは」

トリスタンが青ざめている。僕もまた、課金アイテム恐るべし、と違う意味で青ざめていた。

ゲームの世界は現実ではない。そもそも魔法が使えるファンタジーの世界ではあるのだが、それでも今のトリスタンの言葉のとおり、クッキーを食べるだけで自我が破壊されてしまうなど、そんな恐ろしい世界を自分が作ったということにショックを覚える。

現実に好感度を上げるには、その人の好みを研究したり、好かれるような行動を取ったりすることはまあ、あるだろう。『ある』と断定できないのは自分にはそうした経験が――するほうもされるほうも――ないからなのだが、そんなことはどうでもいい。

だが現実には『課金アイテム』は当然ながらない。お金を貢ぐことはできるが、それで気持ちが買えるかどうかはわからない。

ゲームではそれができるし、制作側の我々は、いかにして課金に持っていくかを、それは一生懸命研究していた。

その結果が『自我の崩壊』だったなんて。さすがにショックなんですけど、と呆然(ぼうぜん)としてしまっていた僕は、トリスタンに肩を揺すられ、はっと我に返った。

「どうした？　気分でも悪いのか？　真っ青だぞ」

「あ、すみません、大丈夫です」

青くもなる。もしクリスの精神が崩壊していたとしたら、原因を作ったのは僕なのだから。

しかしそんなこと、誰にも言えるわけがない。課金してもらわないとゲーム制作を続けられないんです、と説明したところで作られた世界の人間には、そんなことは知ったこっちゃない、と怒られるに決まっている。

僕が作った世界なのだから、キャラをどう扱おうが自由だという考え方もあるのかもしれない。でも僕は、僕が作った世界なら特に、その世界のキャラたちには元気で、そして幸せでいてほしいと願う。

魅了の魔法で愛を手にする主人公は――マリアは果たして幸せなのだろうか。そして攻略対象であるクリスは？

間違いなく言えることは、クリスの婚約者のオリヴィエは幸せではなかった。ゲームの中では悪事を繰り返していたので、自業自得ではあるが、しかしそのきっかけがマリアの存在だとすると、やはり責任は製作者側に――僕にあるのでは。

「おい、本当に大丈夫か？」

またも黙り込んでしまったからか、トリスタンが心配そうに聞いてくる。

「ああ、無理はしないほうがいい。そんな華奢(きゃしゃ)な身体をしているんだ。無理がきかないんだろう？」

なぜかサリエリも心配して、そう声をかけてくる。華奢って、と自身の身体を見下ろし、確かに無理なく女装できるほどには華奢か、と納得した。

生前の僕も似たような体格だった。とはいえ女装はしたことなかったけれど。思考がまたとっ散らかりそうになったので、慌てて気を引き締めると僕は、今はそれどころじゃない、と二人に訴えかけた。

「今のサリエリ先生の話を聞いて不安が募ってます。クリス殿下は一刻も早く光魔法で浄化を試みたほうがいいのではないでしょうか」

「ああ、そうだな」

トリスタンが大きく頷き、僕に「行こう」と声をかける。

「待ってくれ。僕も行こう」

と、なぜかサリエリまで同行を申し出てきて、僕たちを戸惑わせた。

「先生が？」

「何をしに来るんです？」

僕は『戸惑い』だったがトリスタンははっきりと迷惑そうだった。睨むようにして問いかける彼に対し、サリエリは大人の余裕ともいうべき笑みで彼に答える。

「クリス殿下を正気に戻すためには魔法の知識が必要となるんじゃないかと思ってね。トモヤ君の魔法の実力は素晴らしいものだろうが、知識はさほどなさそうに見える。どうかな？　トモヤ君」

「確かに。帝国の叡智と言われる先生には遠く及びません」

媚びるつもりはなかったのだが、本人に向かって自分が作った通称を告げてみたいという誘惑を退けることはできなかった。途端に嬉しそうな顔になったサリエリが、僕に右手を差し出してくる。

「やはり僕たちは気が合うようだ。トモヤ君、どうだろう？　僕の助手にならないか？　共に魔法を研究しよう！」

「ええと……」

当初の計画では、僕は隣国へと逃れて家族と共に身を隠し、クリス殿下がマリアと結婚式を挙げる際、恩赦となるのを待って名乗り出る、というものだったが、既に計画は狂いまくっている。

この先、この世界で生きていくのは確実だが、一体どういう選択をすればいいのか、まるで思いつかない。

高い魔力を持つので、サリエリの助手という選択肢はありっちゃありだが、やりたいかとなると、よくわからない。やりたくないわけではないのだが、そもそも自分がやりたいことがわかっていないのだ。

生前は『やりたいこと』は常に目の前にあった。考えようによっては幸せな人生だったと思う。希望どおりゲーム制作会社で勤務し、夢だった自分の作ったゲームを販売する目前で死んでしまったが、世の中にはやりたいことをやれずにいる人間が、山といるのだ。就きたい仕事に就けない人間もたくさんいる。どちらもかなえた僕の人生は、自分で認識している以上に幸せなものだったのかもしれない。

って、またも一人の世界に入りそうになり、慌てて自分を取り戻す。

「トモヤがなぜあなたの助手になる必要があるんですか」

なぜかトリスタンが僕の代わりに申し出を断ろうとしている。一応候補として残しておきたい、と僕は、

「ともかく、行きましょう」

と無理やり話を終わらせようとした。

「それなんだが、先にテオドールに会ったほうがいいと思うんだ」

と、サリエリが僕とトリスタンに——主に僕に声をかけてくる。

「テオドールですか？」

「ああ。先ほどの話だと、テオドールもクッキーを食べたんだろう？　彼は下級神官とはいえ神聖力を持っている。たとえクッキーを常食していても正気を保っている可能性が高いんじゃないかと思ってね」

「なるほど」

ハートクッキーは、効きやすいキャラと効きづらいキャラが確かにいた。ハートがプラス3

になるか、プラス1か、という差なのだが、サリエリの言うとおり、テオドールはプラス1だった。ちなみにサリエリはプラス3のほうである。知識は誰より持っているが、魔力はそれほどでもない――とはいえ常人よりは当然勝るが――キャラだからかもしれない。

「神聖力は魔力とはまた違った効力がある。光魔法と合わせればもしかしたら、仮に自我が破壊されていたとしても再構成は可能かもしれない」

「テオドールを味方に引き入れるべきだと、そういうことですね」

それはいいアイデアかもしれない。テオドールの持つ神聖力については、実はあまりちゃんと定義していなかった。テオドールルートでは神殿との最終戦でマリアが死にそうになるのだが、彼女の命を救うためにテオドールが持てる限りの力を発揮し、マリアを生き返らせる。神聖力がすっからかんになり、『ただの人』状態となったテオドールのことをマリアは見捨てることなく、この先の人生も共に歩んでいこうと逆プロポーズする、という流れは、テオドールが一学年下、唯一の年下キャラであることも影響していた。お姉さんについてこい、という感じである。ちなみにそのあと愛の奇跡でテオドールの神聖力は復活し彼は教皇となるのだがそれはさておき、このルートも意外に需要があった。『年下の男の子』は世代を超えて人気があるということかもしれない。

「ああ、彼ももし、マリアが闇魔法を使っていると知れば彼女への認識を改めるだろう。私のように」

サリエリが自信満々、胸を張ってそう告げる。

「自慢するようなことかね？」

ボソ、とトリスタンが呟いた声はどうやら、彼の耳には届いていないようだった。

「と、とにかく、向かいましょうか。テオドール自身のことも心配ですしね」

卒業パーティでギャラリーの中にテオドールの顔を見かけた気がするが、彼の視線は真っ直ぐマリアへと向いていた。これがクリスルートであれば、テオドールは失恋、上がった彼の好感度は無駄になる。

ゲームとはいえ、やはり無情だ。いや待て、現実でも複数の異性から思いを寄せられ、一人を選ぶ、という状況は起こり得るか。

問題はその好意が課金アイテムによって作られたものであることだ。やっぱり僕のせいか、と溜め息をつきたくなるのを堪えると僕は、なぜか笑顔のサリエリと不機嫌そうなトリスタンと共にテオドールのもとへと向かったのだった。

7

一学年下のテオドールは、学生寮の自分の部屋にいるのではということで、僕たち三人は学生寮を目指したのだが、途中にある小高い丘の木の下に切なそうな顔で佇む彼を発見した。

「テオドール君」

トリスタンは話したことがほぼないという間柄だったので、教諭のサリエリが声をかける。

やはり連れてきてよかったなと思ったのも束の間、

「何の用ですか」

と睨みつけてきた様子からすると、どうやらテオドールはサリエリをそう好いてはいないようだった。もしやマリア絡みだろうか、という僕の推察は当たったようだ。

「君、マリア君からクッキーをもらっていたね？」

一方、サリエリもまたテオドールにいい印象はないように見えた。問いかける声が冷たい。

まあ、彼にとっては通常営業なのかもしれないが。

「あなたに関係ないでしょう」

テオドールが吐き捨て、その場を去ろうとする。天使のような美少年のきつい顔は新たな需要を生みそうだ。いや、そうじゃなくてと僕は慌てて彼を呼び止めた。

「待ってください、テオドール様」

初対面なので『様』付にしたが、彼の足を止めたいからでもあった。

「僕は『様』なんかで呼ばれる人間ではありません。たかだか下級の神官ですから」

言い返してきたテオドールが、眉を顰め僕を見る。

「あなたは？」

「トモヤ君という。私の助手だ」

自己紹介をするより前にサリエリに紹介されてしまった。しかも正しくない内容を。

「助手なんていたんですね」

意外だったからか、テオドールの足は無事に止まっている。この隙にと僕は、彼に興味を持ってもらえるように頭の中で組み立てていた話運びを実践するべく口を開いた。

「テオドールさん、マリア嬢について確かめたいことがあります。話を聞いてもらえませんか？」

「マリアの……？　いや、マリア嬢の？」

「呼び捨てか」

せっかく話を聞いてもらえそうだったのに、サリエリが憎々しげに言い捨てたせいで、テオドールはまた不機嫌になってしまった。

「呼び捨てなんてしていません。それじゃ」

「待ってください。マリア嬢の立場を危うくする可能性があるので、それを確かめようとしているんです。マリア嬢のことを思うのなら話だけでも聞いてもらえませんか？」

大好きなマリアに危機が迫っていると言われれば、こちらの質問にもおとなしく答えてくれるだろうという僕の読みは当たった。

「マリア嬢が何をしたというんです？」

青ざめつつも厳しい声音で問いかけてきた彼に、サリエリが答えようとするのを僕は目で制し、ついでにトリスタンに、サリエリを見張っていてほしいと目配せしてから、改めてテオドールと向かい合った。

「先ほど、サリエリ先生が聞いていたクッキーです。彼女が渡したクッキーから、魅了の魔法が検出されたんです」

嘘八百だが、そうでも言わないと話を聞いてはもらえない。

「なんだって⁉」

テオドールが驚きの声を上げたあとに、顔色を変え、僕を批難し始める。

「言いがかりだろう？　魅了の魔法というのは禁呪のはず、闇魔法の一種じゃないか。マリアが闇魔法を使っていると誰かがでっち上げようとしているとでもいうのか？」

「それを我々は検証しようとしているんです。おっしゃるとおり、闇魔法は禁呪です。しかしマリア嬢は光の魔法の使い手、闇魔法の属性を持っているかもわかりませんし、禁呪を使う理由もわかりません。誰かが彼女に罠をしかけようとしているのかもしれないし、もしかしたら禁呪と知らずに使ったのかもしれない、または本人に自覚なく魅了の魔法が発動したのかもしれない」

「そんなバカな」

テオドールは吐き捨てたが、僕がマリアを悪者扱いしていないのがわかったのか、眉を顰めつつ問い返してきた。

「本当に魅了の魔法が検出されたのか？」

「はい。実は僕も光の属性なのですが、先ほどサリエリ先生に光魔法をかけた際に、魅了の魔法が解術されたことがわかったんです」

「なんだって⁉」

テオドールは心底驚いた表情を浮かべていた。

「それで彼が体内に入れたものを調べていったところ、マリア嬢から貰ったクッキーから魅了魔法が検出されたのです」

「……！」

「嘘だ。そいつがマリアを陥れようとしているんだ！　自分が相手にされないからといって

テオドールが怒声を張り上げる。

「なんだと⁉」

生徒と同じレベルで怒ってどうする、と突っ込みたいほどの憤りを見せるサリエリを、トリスタンは無事に押さえ込んでくれた。

「離せ！」

「先生、ちょっとおとなしくしていてください」

頼むからと僕はサリエリに声をかけたあと、テオドールを見やった。

「なのであなたにも光魔法をかけてみていいですか？　あなたご自身が強大な神聖力をお持ちだということはもちろんわかっています」

「……何を言っているんだか」

おっとしまった。『強大な』は彼にとってはこれからわかることだ。現段階では本人すら知らないのだから疑問を持つのは当然である。

「光魔法の使い手にはわかるんです」

他の人にはなくて僕にはあるもの。それはこのゲームの知識――ではなく、光魔法の属性である。マリアも持っているとはいえ、彼女が『嘘です』と言ったところで、どちらが嘘をついているのかはわからないはずだ。

「……そうなのか？」

テオドールは僕の言葉を疑いはしなかった。マリアも口にこそしないが、見抜いているのではないかと思ったのかも知れない。

「はい。ご自身で浄化できるので、何も起きない可能性は高いですが、一応試させてもらえませんか？」

まさに口八丁手八丁だなと、自画自賛してしまいながら僕は、このトークスキルを生前発揮することができれば、状況は変わっていたかも知れないなと、今更の――本当に今更のことを考えてしまっていた。

ゲーム発売日が近づくにつれ、僕は制作チームの中でなぜか浮いた存在となってしまっていたのだ。誰も僕を助けてくれないので深夜残業が増えてしまっていたのだが、なぜ、浮いてしまったかの理由はさっぱりわからなかった。態度が変わらなかったのは、僕の憧れ、同期の真利愛くらいだ。

特に制作チームのチームリーダーからのあたりはキツく、よく呼び出されては『調子に乗るな』とか『節度を保て』といった、意味のわからない注意を受けていた。問い質したかったが、うまく言葉にできないうちに、チームリーダーは出ていってしまい、呼び出された部屋に一人残される、という状況が続いた。ゲーム発売前に異動させられるのではという噂も立っていたほどで、自分がなぜそうもチームリーダーに嫌われているのか、その理由もさっぱりわからない上に、相談する相手もおらず、鬱々とした日々を送っていたのだった。

死ぬ前に何が問題だったのか、聞いてみればよかった。誤解なら解きたかったし、僕に直すべきところがあるのなら直したかった。

関係が悪くなる前のチームは本当に雰囲気がよかったのだ。男性社員は皆、真利愛に好意を抱いているのがミエミエだったが、それでも険悪な感じにならなかったのは、真利愛が皆に平等に、しかも優しく接していたからではないかと思う。

外見だけでなく、まさに中身もヒロインっぽい、いい子だったなあ。彼女の代わりに死ねるのなら本望だ——と、しみじみしてしまっていたが、それどころじゃないだろうと僕は自分を取り戻し、テオドールに向かって手を翳した。

「それでは浄化させていただきます。ヒール」

一応声をかけてから、浄化の魔法を発動する。

「……なんと」

光魔法は滅多に見られないものだからか、テオドールもまた目を見開いていた。横では魔法オタクのサリエリが目を輝かせて凝視している。

「……どうですか？」

サリエリの魅了魔法は無事解除できたが、テオドールの表情にあまり変化は見られない。

やはり効果なしだったか。神聖力と光魔法が相殺しちゃうのかもしれないな、と思いつつ問いかけると、テオドールは首を傾げ、己の身体を見下ろした。

「……不思議な感じだ。なんていうか……血が通い始めたというか……」

「魅了のほうはどうなんだ？　頭の中の霧が晴れたようには感じないか？」

サリエリが前のめりになり質問する。

「……もともと霧が立ち込めていたわけではないので」

テオドールの答えに、サリエリが難しい顔になる。

「解けていない可能性が高いな」

「そもそもかかっていないのでは？」

相変わらずテオドールの、サリエリに対する態度は冷ややかだった。

「魅了の魔法にかかって彼女を好きになったんじゃない。彼女自身の魅力に恋をしたんだ。彼女に妙な言いがかりをつけるのはやめてくれ」

失礼する、とテオドールが踵（きびす）を返す。

「ちょっと待ってください」

本当にそうだろうか。気になるのは『血が通い始めた』という先ほどの表現だった。やはり神聖力と相殺されているのではとしか思えず、それなら、と直接光魔法を接触面から注ぎ込んでみようと思ったのだ。

「何をする」

気づかれたらしく、テオドールが僕の手を振り解こうとする。その前に、と、僕は、

「ヒール！」

と唱え、光魔法を彼の身体に注ぎ込んだ。

「うっ」

テオドールがその場で固まったように動かなくなる。

「よからぬことをしているわけではないよな？」

トリスタンが心配そうに聞いてくる気持ちもわかるが、浄化は本人にとっても悪いことではないはずだ、と頷く。

「はい。間違いなくいいことをしています」

きっぱりと言い切った僕の言葉を裏切るかのように、テオドールは苦しげな顔となっていた。

「う……っ……やめてくれ……っ。どうして……っ」

「おい、本当に大丈夫か？」

苦痛に唇を噛み締め、身体を震わせるようになったテオドールを見て、トリスタンが再度問うてきた。

「……えーと」

多分、と答えようとしたが、確かに苦しそうである。ゲームでマリアがテオドールに光魔法をかける展開はなかったかと思い起こし、逆はあったがマリアからかけることはなかった、と思い出した。

神殿討伐の初期段階でもマリアは神官からの攻撃を受け大怪我を負う。それをテオドールは治したい一心でそのときはまだ覚束なかった神聖力を彼女に使うのだが、光魔法と相殺されてしまってなかなか傷に届かない。彼女をなんとしてでも助けたい、とテオドールは力を振り絞り、結果として強大な神聖力に目覚める、という展開だった。潜在的には強い力を持っていたのが、マリアによって覚醒する、という流れだ。

それなら、と僕はテオドールに訴えかけた。

「僕の光魔法にあなたの神聖力は打ち勝てるはずです。跳ね返す気持ちで向かってきてください！」

「何を……っ」

テオドールの顔はすっかり血の気が引き、真っ白になっていた。

「大丈夫です。あなたなら絶対できます」

テオドールが萎縮しているのは、生まれたときから今に至るまで周囲に冷遇されてきたからだった。マリアだけが彼を優しく包んだ。それだけで恋に落ちただろうから、クッキーは本当に必要なかったのではないかと思う。

マリアはどうやらクリス殿下ルートに入っているようである。となるとテオドールの神聖力を強大にするイベントは起こらない。今のうちに開花させてあげよう。製作者として親心が芽生えていたこともあって、僕はテオドールに訴えかけた。

「あなたは物凄い潜在能力を持っているんです。それを自分で無意識のうちに押さえ込んでいる。押さえ込む必要なんてないんです。強大な神聖力はあなたのものなんですから！」

「なにを……バカな……っ」

テオドールが僕を睨む。怒りのせいか、真っ白だった彼の顔に血の気が戻りつつあった。

「バカじゃありません。あなたはあなたです。誰が何を言おうと、気にする必要なんてない。あるがままのあなたでいいと、マリアも言っていたでしょう？」

父親が誰かなんて関係ない、あなたはあなたの思うがまま、あなたの人生を生きればいい。

マリアの殺し文句だった。

「なぜそれをお前なんかが知っているんだ!!」

テオドールが激昂(げっこう)して叫ぶと同時に、彼の身体が発光した。

「うわっ」

物凄い勢いで接触した部分から彼の神聖力が流れ込んできたが、受け止めることができず、僕はそのまま後ろへと吹っ飛んだ。

「トモヤ！」

「トモヤ君！」

トリスタンとサリエリが慌てて僕へと駆け寄ってくる。

「大丈夫か？」

起こしてくれたトリスタンに「すみません」と頭を下げ、自分に向かって「ヒール」と回復魔法をかける。そうじゃないと全身の血管も筋も、ボロボロと言っていいような状態だったからだ。

「……ふう……」

テオドールの神聖力も物凄いが、僕の光魔法も相当威力があるようで、あっという間に回復した。やれやれ、と溜め息をついていた僕の耳に、サリエリの呆然とした声が届く。

「テオドールが……まだ光ってるんだが……」

「潜在的な神聖力が一気に解放されたせいでしょう。もともと彼の持つ力は膨大なものだったから」

「彼は下級の神官じゃなかったのか？」

サリエリが首を傾げつつ見つめる先では、呆然とした表情となっていたテオドールが自分の光る身体を見下ろしていた。

「大丈夫……ですよね？　気分が悪かったりしますか？」

まさか力が膨大すぎて、今の彼の身体では受け止められないということはないよな？　マッチョになるにはあと数年かかるが、マリアが彼の神聖力を解放するのは確か、今の美少年状態のときだったはずだ。

恐る恐る問いかけると、テオドールはハッとした顔になり、僕へと視線を向けてきた。

「……僕は……僕だ」

あるがままのあなたでいいのだとマリアに言われたとき、テオドールは確かにそう返していた。生でこのセリフが聞けるとは感慨深い。

今、この場にはマリアはいないが、混乱しているのだろうか。マリアのセリフを言ってあげたほうがいいだろうかと僕は記憶にある彼女のセリフを口にした。

「はい。あなたはあなたです。あなたの人生なのだから」

「……なんでも知っているんだな」

テオドールが感心した顔になり、僕へと視線を向ける。と、発光していた彼の身体からすうっと光が引いていった。

「大丈夫ですか？」

顔色はさほど悪くない。先ほどの僕のように、体内が傷ついているということはなさそうだ。しかし彼の眉間にはしっかりと縦皺が寄っている。それで一応、体調を問うた僕にテオドールがツカツカと近づいてきたかと思うと、やにわに両手で僕の手を握り締めた。

「え？」

「ありがとう、トモヤ。君のおかげで僕は自分を取り戻すことができたみたいだ」

キラキラと綺麗な瞳を輝かせながら、そう訴えてくる彼の、白皙の頬が紅色に染まっている。美少年だけあって、こんなスチルがあったら乙女のハートを鷲掴みだろう。僕は乙女じゃないけど、鷲掴まれてるぞ、とつい彼の顔を凝視する。

「自分を取り戻したということは、やはり魅了の魔法にかけられていたということか？」

と、横からサリエリがテオドールに質問し、確かにそれを確認せねば、と答えを待った。

「ええ。どうやらかかっていたようです。先ほど先生がおっしゃったとおり、頭の中の霧が晴れたような気がしています」

さっきまでああも好戦的だったというのに、どういう心境の変化か、テオドールのサリエリに対する態度が改まっている。

「正気に戻ったということか」

サリエリのほうでは未だ、態度が硬いが――多分あれは彼の通常営業なのだろう――そんな彼に対し、テオドールは深く頭を下げた。

「今までの非礼をお詫びします。マリアに……マリア嬢に好意を寄せる人に対して、以前は攻撃的な気持ちを抱いていたのですが、それもすっかり落ち着いています」

「なるほど、魅了の魔法は無事に解術されたようだな」

トリスタンが僕を見たあと、チラと、未だテオドールが握っていた僕の手を見た。視線を追ってテオドールも同じものを見たが、彼の手が離されることはなかった。

「はい。全てトモヤのおかげです。彼がいなければ僕は偽りの恋心にいつまでも囚われたままだったでしょう。確かにあのクッキーには魅了の魔法がかかっていた。今なら認められます。目を覚させてくれてありがとう、トモヤ。君は僕の恩人だ」

「あ、いえ。よかったです」

　感謝はもう伝わったので、と僕は彼の手から己の手を引き抜こうとしたが、ますます強い力で握られてしまった。

「えっと？」

「お礼をしたいんだ。君のためになんでもしたい。マリア嬢のことを調べていると言ったよね。協力するよ。僕に聞きたいことがあったらなんでも聞いて。ね、トモヤ」

「あ、ありがとうございます。助かります……？」

　物凄い圧を感じるが、それだけ感謝の念が強いということだろうか。愛想笑いを返しつつ、尚（なお）も手を引き抜こうとしていた僕の耳に、不機嫌なサリエリの声が響く。

「いい加減手を離したほうがいいんじゃないか？　トモヤ君が困っている。そもそも君、なぜトモヤ君を呼び捨てに？」

「困ってる？　トモヤ。あと、呼び捨ては嫌？」

　テオドールはサリエリを無視しつつ、彼の言葉を否定させようと僕にあざとい顔で問いかけてきた。美少年だからこその技である。このスチルも欲しいなあ、と見惚（みと）れそうになったが、それどころじゃなかった、とせっかくなので問いに答えるより前にと質問を始める。

「ええと、マリア嬢がクッキーをくれたきっかけを覚えてますか？」

「覚えている。孤児院の子供たちに配るのに試食をしてほしいと頼まれた。だがそれは彼女の優しさで、お金がなくて食事を満足にとれない僕に同情したからだとわかった」

「食費は月毎の精算なんだ」

学園内の食堂は有料だったんだ、という僕の驚きが伝わったのか、トリスタンが解説してくれる。

「なるほど……」

そういや学食――というには立派な食堂なのだが――のメニューを奢るのも好感度を上げるのに役立つアイテムだった。キャラによって好物が違い、嫌いなものを奢ると好感度が下がるのだ。また好感度が低いときにも好きなメニューは食べてくれるが、嫌いなメニューは断られる。

そういえばテオドールの好きなメニューはプリンだった。食事じゃないじゃん、と思ったものだが、メインディッシュは値段から手が出なかったため、好きも嫌いもなかったのかもしれない。要は食べられていなかったのだ。

あの設定にそんな意味があったなんて、深いな、と、またもしみじみしそうになり、違う違う、と自分を取り戻す。

「ちょっと待て、マリアは孤児院でクッキーを配ってたのか？」

「ああ。子供たちにもよく懐かれていたが、魅了の魔法のおかげだったのかもしれないな」

テオドールの言葉を聞き、トリスタンが彼に、そしてサリエリに問いかける。

「幼い子供に魅了の魔法をかけても大丈夫なのか？」

「月に一度程度だし、食べたところで一枚二枚だから、体調に異変が出るほどではないと思う」

テオドールに続いてサリエリも「それに」と言葉を続ける。

「子供たちに恋心を抱かせたいなどという希望があれば別だが、好かれたい、というくらいに魅了の魔法を調整していた可能性が高いんじゃないかと」

「ああ、恋している子供はいないと思うよ」

テオドールの言葉に安堵したところで、僕は改めてこれからどうするか相談せねば、とトリスタンを見やった。トリスタンもまた僕を見る。

「クリス殿下にも魅了の魔法がかけられていると見てまず間違いなさそうですけど、どうします？」

「……殿下と話がしたいが、このところ殿下は常にマリア嬢と行動を共にしているからな……」

トリスタンが難しい顔になる。

「二人を引き離したいところだが、殿下が納得するような理由を考える必要がある」

「男同士で話がしたい、とかじゃダメなんですね？　もしくは、二人きりで話したい、でも」

トリスタンとクリスは主従関係にはあるがそもそもが親友同士だ。親友の頼みなら聞いてもらえるのではと期待したが、トリスタンは首を横に振った。

「マリア嬢とは距離を置いたほうがいいと言いすぎたせいで、今、俺のほうが距離を置かれてしまっているんだ」

そう告げたときのトリスタンの顔は非常に切なそうだった。やはりBL展開らしい、と納得していた僕の横から、「そもそもの話だが」とサリエリが声を上げる。

「なぜ、マリア君は魅了の魔法を私やテオドール君にかけたんだろう？　クリス殿下一人なら、殿下のハートを射止めたかったんだろう、とまだわかるが、複数人にクッキーを食べさせた理由がわからない。先ほど言われた実験台ということなら、一人で充分じゃないか？」

「確かに……先生、冴えてますね」

発言が上からなのは意識してか無意識か、テオドールが感心してみせている。

「もしも子供たちにあげるクッキーに、本当に魔法の量を加減していたというのなら、実験など必要ないくらいに魅了の魔法を使いこなしていることにもなる」

「なのにマリア嬢は先生や僕に魅了魔法がたっぷりかかったクッキーを渡し続けた……なぜでしょう」

「俺も渡された」

と、ここでトリスタンが会話に加わった。切なげな表情が消えているところを見ると、気持ちを立て直すことができたんだろう。

「トリスタン君も？」

「魅了の魔法が効かなかったの？」

サリエリとテオドールがこぞって問いかけてくるのに、トリスタンは首を横に振った。

「いや、受け取らなかったんだ。甘いものは苦手なので」

「それ、人生半分損してますよ」

テオドールと僕の思考の流れは一緒なのか、僕と同じような返しをするので、つい笑ってしまった。

「なに？」

可愛らしく小首を傾げ、テオドールが僕を見る。あざとい。だが可愛い。テオドールってこんなキャラだったかなと設定を思い起こしつつ僕は、

「いや、実は僕もトリスタン様に同じことを言ってしまっていたので」

と笑った理由を説明した。

「なにそれ。嬉しい。気持ちが通じ合ってるってことだよね？　魂の双子ってこと？」

「いやそこまでは……」

言ってない、と僕が突っ込むより前に、トリスタンが話題を回収してしまった。

「そういったわけで、マリア嬢はクリス殿下以外に、少なくともサリエリ先生、テオドール、それに俺の三人に、魅了の魔法をかけようとしたことがわかった。目的はなんだと思う？」

トリスタンが僕たちをぐるりと見渡し問いかける。

「自分の味方につけたかった……とかですかね？　平民の彼女は何かというと差別を受けていたから、後ろ盾になってほしかったとか……？」

ここがゲームの世界であれば、攻略対象だから、という説明で終わるが、現実世界で複数の異性にコナをかけるというのは眉を顰められる行動である。

「本命がクリス殿下だとすると、皇太子妃になるのに後ろ盾がほしい、か。うーん、メンバー的にちょっと弱くないですか？」

テオドールの視線の先にはサリエリがいた。『帝国の叡智』に対して失礼すぎる発言だと思ったが、サリエリは気を悪くすることもなく、「確かに」と頷いていた。

「サリエリ先生には、学園内での後ろ盾になってもらうためだったんじゃないか？　事実、先生には随分と庇われていたし」

トリスタンもまた容赦なく指摘する。

「いや面目ない」

ほら、サリエリが落ち込んじゃったじゃないかと、僕は慌ててフォローの言葉を口にした。

「先生が魔法について突出した知識をお持ちだということは広く知られていますから。そういう、突出した才能のある人を味方にしたかったんじゃないですかね」

「……トモヤ君……僕の味方はトモヤ君だけだよ」

サリエリが涙ぐみつつ感謝を伝えてくる。そうもありがたがられることは言ってないような、と焦りつつ、話を戻そうと僕は、なぜかムッとした様子のトリスタンとテオドールに問いかけた。

「もしも皇太子妃になるためだったとして、自分以外の男を選んだマリア嬢を応援できると思いますか？」

普通、嫉妬したりしないのだろうか。ゲームではどうだっただろう。

攻略対象が絞られると、自然と他の攻略対象の出番は少なくなり、嫉妬されるシーンは特に描かれていなかったように思う。愛する相手の幸せを願う、というスタンスに、皆が皆、立てるわけではないと思うのだが、とテオドールを見る。

「どうかな。魅了の魔法にかかったままだったら、マリアの言いなりだったかもしれない。先生は？」

テオドールに振られ、サリエリもまた考え込んだあとに口を開いた。

「言われてみれば、マリアが誰を選ぶのかといったことは全く頭になかったように思う。彼女を幸せにしたいとは日々、考えていたが」

「やっぱり恋ってよりは洗脳じゃないか？」

トリスタンの指摘に、一同、大きく頷いてしまった。

「となると、ことは一刻を争うな。クリス殿下が完全に洗脳されてしまっているのか、浄化の余地はあるのか、即座に確かめる必要がある」

「うん。時間が経てば経つほど、洗脳からの復帰は難しくなるから」

サリエリに続き、テオドールもまた青ざめつつ焦りを口にする。

「……とりあえず、当たって砕けろ、で、行ってみますか」

僕は脳筋キャラではないはずなのだが、今回も思いついたのはその程度だった。トリスタンが苦笑しつつ、僕に拳を向けてくる。

「ちょうど同じことを考えていた」

「気が合いますね、我々」

差し出された拳に軽く拳をぶつけると、なぜかサリエリとテオドールもまた競うようにして僕に拳をぶつけてきた。

「私もそれしかないと言おうとしたところだ」

「僕だって」

なんてことだ。我々は脳筋の集まりだったというのか。攻略対象三人が同じ思考回路など、乙女系ゲームにあるまじきミスである。

しかしここはゲームではなかった、現実だ、とまたも僕は我に返ると、それにしても誰か一人は思慮深いキャラであってほしかったと、溜め息を漏らさずにはいられなかった。

8

皇太子であるクリスに会うのはなかなかに困難だった。まずは皇太子の宮殿での謁見を申し入れるのだが、許可が得られるのは三日後という答えが返ってきて、僕たちは顔を見合わせてしまっていた。

「昨日までは毎日普通に会えたというのに……」

ぼそりと呟いたトリスタンにサリエリが、

「騎士団の騎士として会う機会は作れないのか？」

と問いかける。

「まだ入団が認められていないんですよ」

「とはいえ宮殿内に入るくらいはできそうじゃない？」

テオドールの言葉にトリスタンは首を横に振った。

「許可証が必要なんだ」

「許可証、持ってないんですか？」

ゲームではあれだけベッタリだったじゃないかと問いかけると、トリスタンがまた、悲しげに首を横に振る。

「顔パスで入れたんだ。以前は。でも今は無理だ」

「ああ、遠ざけられてるって言ってましたもんね」

テオドールのズケズケした物言いに、トリスタンが傷ついた顔になる。可哀想じゃないかと、フォローを試みることにした。

「魅了の魔法のせいじゃないですか？　お二人は親友なんでしょう？」

「ああ。生涯の友とお互いに認め合っていたはずだった。身分的に自分の周囲にはイエスマンしか寄ってこない、苦言を呈する人間がいなくなるのは自分のためにならないから、悪いがその役を担ってもらえないだろうかと言われていたんだが……」

「イエスマン？　面白い表現だな」

サリエリが不思議そうな顔になる。この世界では若者言葉なんだろうか。僕にしてみたら馴染みがある単語だが、と、首を傾げていると、

「表現なんてどうでもいいでしょう」

とテオドールがまた、ズケズケとした物言いでサリエリの発言をぶった斬った。彼は毒舌キャラだっけ？　あざとキャラという一面にも驚いたものだったが、と感心して見ていると、視線に気づいたテオドールが照れたように笑い、上目遣いに僕を見た。

「トモヤ、そんなに見ないで。照れるから」

「あ、すみません。つい」

キャラ設定に違和感があると観察してしまう。テオドールにしたらいい迷惑だ、と反省し、頭を下げる。

「別に謝ってほしいわけじゃないんだ。興味を持たれるのは嬉しいし」

途端にテオドールが焦った様子でそう言い、僕に身を乗り出してきた。

「ごめんね、逆に」

「いえ。そんな」

あざとく毒舌、しかし素直。うーん、キャラが定まってないような気がする。

まあ、ゲームキャラのように、現実の人間も単純にできていたら、前世で僕はもうちょっと人とコミュニケーションを取ることができたと思う。何面性もあるのがデフォルトだから、人付き合いがうまくできなかった——というのは言い訳に過ぎないとはわかっていた。それにもう、前世の人たちとは交流を持つこともできないわけだし、今世のことを考えよう。と、気持ちを切り替えると僕は、

「忍び込むことはできませんかね？」

と、話題をクリスへと戻した。

「皇太子宮に忍び込むのはさすがに無理では？」

サリエリが眉を顰める横で、テオドールも、

「牢(ろう)に入れられることになるんじゃ……」

と青ざめている。

「そうですよね……」

これが今世の『現実』だ。ゲームでは確か、皇太子宮にマリアが忍び込むというイベントがあった。二人の結婚を反対した皇后が、マリアをクリスから引き離したのだ。

会いたい気持ちを募らせたマリアは、姿を隠す魔道具をサリエリから手に入れていたため、それを着用してクリスの寝室に忍び込む。

全年齢向けのゲームなので色っぽい展開にはならない。寝室以外には常に側に護衛がいるので、二人きりの時間を過ごすためには寝室に忍び込むしかなかったのだ。

と、ここまで思い出して僕は、

「魔道具！」

とサリエリへと視線を向けた。

「なんだ？」

サリエリが不思議そうに問い返してくる。

「マリア嬢にあげた姿を隠す魔道具、あれなら忍び込めるのでは？」

「そんな魔道具を彼女にあげたんですか？」

トリスタンが批難の眼差(まなざ)しを浴びせながらサリエリに詰め寄る。その姿を見て僕が、

「あ！」

と思わず声を上げたのは、幻の裏設定となったＢＬ展開の一シーンを思い出したからだった。

確かトリスタンがクリスの寝室に忍び込むのだ。マリアに嫉妬するあまり、トリスタンはクリスにマリアを遠ざけるよう進言し、クリスの不興を買う。それで避けられるようになったことに耐えられず、寝室に忍び込んで直接的な行為に出ようとする——という一連の流れを、本人に実践してもらうのはどうだろう。

「なに？」

声が大き過ぎたからか、トリスタンが訝しげに問いかけてくる。

「その魔道具を使って今夜、寝室に忍び込みましょう！　トリスタン様なら成功するはずです！　確実に！」

幻となった設定ではあるが、トリスタンはクリスの寝室の場所を知っているからこその展開だった。それくらい二人の仲は良かったのだ。それでつい声を弾ませてしまったのだが、トリスタンから、

「なぜ俺が確実に成功するとわかるんだ？」

と訝しげに問われ、理由の説明に詰まった。

「えっと……それだけあなたを信頼しているというか……」

苦し紛れの言い訳は、すぐにサリエリやテオドールに見抜かれてしまう。

「そもそも、お二人はどういう関係なんですか？」

テオドールに問われ、そろそろ正体を明かしたほうがいいだろうかと僕は迷った。

悪役令嬢、オリヴィエの双子の弟、オリヴィオだと身分を明かすことによって生じるリスクはあるだろうか。信頼関係を築き直す必要が出てくるが、今の感じだと大丈夫そうな気もする。

「あの……」

それで名乗ろうとしたのだが、僕より先にトリスタンが口を開いていた。

「幼馴染だ。彼は隣国の貴族で、俺の親友だ」

「…………」

なんと。幼馴染で親友とは。幼い頃の思い出とか聞かれたらどうしよう。トリスタンとクリスの幼少期のエピソードなら語れるのだが。

トリスタンとしたら、僕の正体を彼らには明かしたくないと、そういうことだろうか。理由はよくわからない。あ、マラスコー公爵家の協力者と思われたくないと、そういうことか？

「親友……」

テオドールがポツリと呟く横で、サリエリが疑わしそうな目を向けてくる。

「初耳だな。君にクリス殿下以外の『親友』がいるなんて」

「長らく離れていましたから。でも親友であることにかわりはありません」

トリスタンは実に堂々としていた。見習わねばと心の中で呟き、僕もまた大きく頷いてみせた。

「はい、親友です。親友だからこそ、トリスタン様に協力してるんです。トリスタン様はクリス殿下を正気に戻したい一心で僕を頼ったんです。それだけ彼にとってはクリス殿下が大切な人ということです」

要は『親友』は僕だが、彼にとって最も大事なのはクリスだとわかってもらえれば、これ以上追及されることはないだろう。

「なるほど。トリスタン君の本命はクリス殿下だと、そういうことだね？」

サリエリがどこか安心したような顔で、確認を取ってくる。

「はい。間違いなく」

「じゃあさ、トモヤの本命には僕がなるよ」

あざとさ全開で、テオドールが僕の腕に絡みついてくる。

「あ、ありがとうございます」

『本命』の定義とは。内心首を傾げつつ礼を言うと、横からサリエリが異議を申し立てる。

「勝手に決めないでほしい。トモヤ君の本命は私が担わせてもらう」

「もう学園は卒業するわけだし、先生が役に立てることはないんじゃない？　僕には神聖力と光魔法の繋(つな)がりがあるし」

「トモヤ君は魔法の知識を必要としている。私のことは『帝国の叡智』とまで言ってくれたんだ。本命だろう？」

「お世辞と本心を聞き分ける術を身につけたほうがいいですよ、先生は」

「トモヤ君がお世辞など言うわけないだろう」

わけのわからない言い合いを始めた彼らをどうやって止めればいいのやらと、立ち尽くしていた僕の横で、トリスタンが、

「ともかく」

と声を張った。

「先生、姿を消す魔道具を貸していただけますか？」

「ああ。勿論。マリアに渡したもの以上の効力があるものを渡そう。彼女の持っているのは五分くらいしか身を隠せなかったが、新しいものは十分隠せるようになっている」

胸を張ったサリエリに、感心して見せたのは僕だけだった。

「凄いです、先生」

「だいたい一女子生徒にそんな『凄い』魔道具をタダであげるなんて」

「たった五分か……とはいえ十分あれば充分、クリス殿下の寝室に辿り着けるな」

嫌みを告げるテオドールと、ディスりつつ淡々と己の考えを告げるトリスタンを前に、サリエリはムッとした顔になっていた。臍を曲げられたら面倒じゃないかと、慌ててご機嫌をとる

ことにする。

「先生のおかげでクリス殿下の寝室に忍び込めるんです。本当に助かりました。ねえ、トリスタン様」

「……ああ、まあ」

しかしトリスタンのノリは悪かった。とにかく話を先に進めよう、とサリエリに問いかける。

「すぐに用意していただけますか？」

「一着なら」

「一着か……」

僕だけで行くか、と考えたのがわかったのか、トリスタンが、

「二着はいる」

と口を挟んできた。

「俺がクリス殿下の寝室まで案内する」

「場所を教えてもらえれば……あ、いや……」

宮殿の見取り図を作った記憶が薄らある。とはいえ僕は地図を読むのが苦手なので、十分以内で辿り着けるかとなるとあまり自信がなかった。

「クリス殿下のもとに辿り着かないことには何も始まらないので、やはりトリスタン様には一緒に来ていただきたいかも……」

「だろう？」

僕の言葉になぜかトリスタンは喜色満面といった表情となった。そんなに嬉しいのだろうか？　何が？　と疑問を覚えていた僕の耳に、

「僕も必要だと思う！」

というテオドールの、少年らしい高い声が響く。

「クリス殿下の状態によっては、光魔法の浄化だけでは効かない可能性がある。僕の神聖力は魂に働きかけることができるはずだ。なので僕も行く必要がある！」

「……確かに」

光魔法と神聖力、どちらも病気や怪我を癒す力があるが、光魔法の得意分野は身体の傷、神聖力のほうは穢(けが)れた魂を救うこと。そんなざっくりした区別化をした記憶が蘇(よみがえ)る。マリアを帝国唯一の聖女にしたかったのだが、聖女一人が病気や怪我を治すというのはさすがに無理があるので神殿にその役を担わせる必要があった。それで光魔法とは別物の『神聖力』設定を作ったのだが、今から思うと一本化した上で、マリアは『帝国一』の力を持つ、としたほうが混乱を生まずに済んだかもしれない。

直せるものなら直したい、と溜め息をつきそうになり、もう直せないと何度思い知ったら考えなくなるのかと、思い切りの悪い自分を反省した。

「じゃあ三人分ですね。先生、どのくらい時間がかかるでしょう？」

「三人……私は？」

サリエリは今まで以上に不機嫌になっていた。

「先生来てもやることないでしょ」

テオドールが突っ込む。まさにそのとおりなので頷きそうになったが、サリエリが物凄い目でテオドールを睨んだのを見て、慌てて機嫌を取るほうに舵を切った。

「先生がいらしてくださるならもちろん、心強いですけど、一刻を争うので最小限の数を作っていただいたほうがいいかなと」

「三着も四着も一緒だ。二日後には完成させてみせる」

サリエリが胸を張り宣言する。彼の性格からして有言実行は間違いない、と僕は確信したが、他の二人は疑わしい目を向けていた。

姿を消せる魔道具が完成しない限りは何もできないということで、その場で解散となった。サリエリは大急ぎで学園内にある自分の研究室へと戻り、テオドールは神聖力を使いこなすための訓練をしたいとやはり学園へと戻っていった。

トリスタンと僕は彼の家で作戦を練ろうとしていたが、今日もトリスタンは帰宅するとすぐに父親に呼ばれ、暫く帰って来なかった。

トリスタンの父親の設定も、結構いい加減だった。帝国最強の騎士団長で、息子にも同じ道を歩ませようとしている脳筋、という程度だ。ゲームではトリスタンがマリアに惹かれるようになると、恋などしている場合かと邪魔してくる役どころだったが、今、トリスタンはマリアではなくクリスに恋をしているようである。

忠誠を誓うべき相手に恋しているのだから、父親は文句を言うことはないのではと思っていたのだが、今日もまた、部屋に帰ってきたトリスタンは疲れ果てた顔をしていた。

「ヒール」

何を聞くより前に、とりあえず気力を取り戻させるべく、回復魔法をかける。

「……ありがとう」

トリスタンは礼を言ったあと、やりきれないというように溜め息を漏らした。

「何かあったんですか?」

しかし意識してのものではなかったようで、僕が問いかけると、はっとした様子となり、気まずそうに頭を掻く。

「……みっともないな、俺は」

「別にみっともなくはないですよ?」

弱みを見せることに抵抗があるのはやはり、『騎士たるもの心身ともに強くあれ』という父の影響だろう。弱音を吐いたわけでもないのに『みっともない』と感じるとは、と、少々同情してしまったこともあり、僕でよければ、と身を乗り出した。

「僕でよければ愚痴でもなんでも聞きますよ。勿論、話したくないのなら無理に聞き出そうとはしませんので」

トリスタンが前世の親友と似た顔をしているだけに——モデルなのだから当たり前だ——何か力になれないかと、つい、思い入れを持ってしまう。というのも、僕はいつも親友に——勇気に、それは世話になっていたからだった。

僕が何を言うより前に、落ち込んでいるのを見抜いた上で、愚痴でもなんでも聞くよと優しい言葉をかけてくれた。そう、さっきのセリフは彼の受け売りなのだ。

まったく畑違いのことでも、親身になって解決策を考えてくれる。学生時代も会社に入ってからも、彼には本当に助けてもらった。僕も彼の助けになりたいと思うのだが、なんでもできる彼が落ち込んでいるところを見たことがない。助けてもらうばかりで申し訳ないと言ったこともあるのだが、勇気は心底驚いた顔で、

『いつも助けてもらっているよ』

と言ってきて、心当たりのない僕は、首を傾げてしまった。

『いつも？』

『うん、いつも。朝也と話すことが僕にとっては癒しになるんだ』

僕に気を遣わせまいとしているんだろうなとわかったので、それ以上追及するのはやめた。

前世で返せなかった恩をトリスタンに返そうというわけでもないのだが、力になれるものならなりたいと目の前の彼を見つめた。

「……ありがとう、トモヤ」

トリスタンが嬉しそうに微笑み、僕の名を呼ぶ。

『ありがとう、朝也』

その瞬間、僕の耳に勇気の声が、脳裏には彼の笑顔が蘇り、胸が締め付けられるような気持ちになった。

自然と涙が込み上げてきてしまい、慌てて堪える。

「ど、どうした？」

いきなり涙ぐんだからだろう、トリスタンが驚いたように目を見開き、僕に問いかけてきた。

「す、すみません、あの……」

自分でも自分の感情がよくわからない。勇気を思い出し泣きそうになるなんて、と手の甲で目を擦り、誤魔化そうとしたが、目の前で心配そうに僕を見つめるトリスタンと目が合った瞬間、また涙が込み上げてきた。

「なんでもないんです……っ」

今度は堪えきれなくて、ボロボロと両目から涙が滴り落ちてしまい、どうしようもなくなって僕は両手に顔を伏せた。

「トモヤ……」

当惑したトリスタンの声がごく近くでしたと思ったと同時に、僕は彼に抱き寄せられていた。

「あ……」

何を、と驚いたが、続いて彼の手が優しく背中を叩き始めたことで、落ち着かせようとしているのだと察し、堪らない気持ちになる。

「う……っ」

涙は次々込み上げてきて、嗚咽が唇から漏れてしまう。

もう——もう二度と、勇気と会うことはできない。今の今、僕はそれを思い知り、耐え難い寂しさを感じたのだった。

死ぬ前の二日ほど、僕は彼を避けていた。『何かあったのか？』とわざわざくれたメッセージにも、『忙しいだけ』とそっけない返信しかしなかった。どんな顔をして向かい合えばいいのかわからなかったからだが、二度と会えなくなるのならちゃんと話せばよかった。自分の態度を詫びたかった。

僕が彼を避けていたのは、偶然、彼が恋人と抱き合っている場面に居合わせてしまったからだ。チームリーダーから謂れのないことで叱責を受けたあと、落ち込みが激しかった僕は気持ちを切り替えるために、非常階段で二階下のリフレッシュコーナーに向かおうとしていた。社員は皆、一階の移動でもエレベーターを使うことが多く、非常階段には滅多に人がいないと知っていたからだ。何度も落ち込むたびに非常階段を降りていたが故に知り得た知識だった。

しかしそのとき、ドアを開いて階段を降りようとした僕の耳に、聞き覚えのある女性の声が下のほうから響いてきた。

「嬉しい。私もあなたのこと、好きだったの」

聞き間違うはずのない声の主は、僕の恋する相手、真利愛だった。そんな、と思わず僕は、そっと身を乗り出し、一階下の踊り場で抱き合っている男女が本当に真利愛か確かめようとした。

違ってほしいと祈りながら見下ろした僕の目に飛び込んできた女性は、紛う方なく真利愛だった。それだけでも充分ショックだったというのに、彼女を抱き止めているのが勇気であるとわかったときには、頭の中が真っ白になる程の衝撃に見舞われたのだった。

どうやってその場を立ち去ったのか、覚えていないくらいだった。それでも音を立てないようにという配慮はできていたようで、真利愛にも、そして勇気にも、僕が二人の逢い引き場面を見たことは気づかれずにすんだ。

真利愛と勇気が恋人同士だったなんて。まったく知らなかった。確かに美男美女でお似合いの二人である。二人して性格もいいし優秀だ。付き合うべくして付き合う二人だったんだろう
――と、思い切ろうとしたができなかった。

理由は数日前、勇気に聞かれていたからだ。

『朝也は小峰さんが好きなのか？』

今まで彼との間で恋バナはしたことがなかった。勇気はモテまくっていたし、僕はさっぱり

だしで、きっと勇気のほうで気を遣い話題に出さなかったのではないかと思う。

なのにいきなり、しかも真利愛を名指しであったことに僕はびっくりしてしまい、我ながら挙動不審状態となった。あわあわするだけで答えることができなかったのだ。

『ごめんごめん、なんでもないよ』

勇気は僕が困っていると思ったようで、早々に話題を打ち切ったが、彼には僕の片思いがバレていると愕然とした、ということがあった。

あのとき勇気はもしかして、自分が真利愛と付き合うことになったのを僕に伝えようとしたのだろうか。僕が彼女を好きだとわかったので、言えなかった——いや、待てよ、と非常階段で真利愛が彼に告げていた言葉を思い出す。

『嬉しい。私もあなたのこと、好きだったの』

『私も』ということは、あの言葉の直前に、勇気が彼女に告白したということにならないだろうか。

まさか、とはじめ、僕は自分の考えを否定した。勇気の正義感の強い真っ直ぐな性格を知っているだけに、僕もまた彼女のことを好きだとわかった時点で、自分も好きなのだ、告白しようと思っていると告げてくれなかったことにショックを受けていたのだった。

勇気が僕に、彼女を好きなのか？　と聞いてこなかったら、僕は二人のことを祝福できたと思う。いや、実際はとても落ち込んだとは思うが、それでも勇気も真利愛も、幸せになってほ

しいと願うことはできた。

どうしても、勇気が、僕が彼女を好きかどうか、確かめてから告白をしたとしか思えなくて、それで僕は彼のことを避けてしまっていたのだった。

本当のところはどうだったのか。ちゃんと聞けばよかった。誤解だったら謝りたかった。誤解じゃなかったとしたら、どうしてそんな状況になったのか聞いて確かめたかった。ひどいじゃないかと怒ればよかった。でももう、二度と勇気とは会うことができないのだ。

「う……っ」

涙は次々と込み上げてきて、止まる気配がなかった。泣きじゃくる僕の背中を、まるで子供をあやすような優しさで、トリスタンがさすってくれる。

「大丈夫だ。うん、大丈夫だよ、トモヤ」

彼に名を呼ばれると、さらに悲しみが煽(あお)られた。こんなことなら前世と同じ名に決めなければよかったと悔やみながら、僕は彼の腕の中でそのあと暫くの間、泣き続けてしまったのだった。


涙が収まると泣いたことが恥ずかしくなり、そのせいでなかなか顔を上げることができなかった。

「大丈夫か？」

しかしトリスタンに心配そうに問われては答えないわけにはいかず、羞恥を堪えて彼を見上げる。

「……すみません、取り乱してしまって」

彼の悩みを聞くと言っておいて、実践できていないどころか、僕のほうが慰めてもらってしまったことへの罪悪感もあり頭を下げると、

「構わない。落ち着いたのならよかった」

トリスタンは微笑んで首を横に振り、僕の背から腕を解いたあとに、何か飲むかと聞いてきた。

「そうですね……」

温かな飲み物もいいが、少し飲みたい気分でもあり、どうしようかなと迷っていると、トリスタンが、

「ワインでも飲もうか」

と誘ってくれたので、それに乗ることにした。

長椅子に並んで座り、使用人が運んできてくれたワインのグラスを合わせる。

冷たいワインが喉を下る感触が心地よく、思わず微笑むと、トリスタンが安堵した顔になり

僕に話しかけてきた。

「どうして泣いたのか、理由を聞いても？」

「あ、はい」

ノーと言えばそれで済んだだろうが、拒絶しているような印象を持たれたくはなかった。これからのことを考えて、というより、泣いている僕をあんなふうに優しく慰めてくれたことへの感謝からだが、とはいえ本当の理由を説明するわけにはいかない。

嘘はつきたくないので、言えない部分は省略して告げることにした。

「……ええと……トリスタン様は僕の親友に似ているんです。その親友とは事情があって二度と会えないことをふと思い出してしまって。そうしたらなぜか涙が止まらなくなってしまったんです。自分でも驚いてるんですけど……」

本当に自分でも驚いた。あんなに泣いたのは子供のとき——しかも就学前くらいの幼い頃以来ではなかろうか。

声を上げて泣くことなど、大人になってからは一度もなかった。誰に何を言われたわけでもないが、泣くのは恥ずかしいという概念が身についていたからだろう。

この世界でも大人が泣くのは恥ずかしいということにかわりはないか、と改めて赤面し、

「お恥ずかしい限りです」

と頭を掻く。

「恥ずかしいことはない。自分でも言ってたじゃないか。溜め込むのはよくない、吐き出せば楽になれるって」

「言いましたっけ？」

そんないいセリフ、と自分の発言を思い起こしていると、トリスタンは、

「自分でよければなんでも聞く、言いたくなかったら言わなくてもいい、そう言っただろう？」

と僕のセリフを思い出させてくれた。

「言いましたね」

「君はそれを実践しただけだ。俺は『言いたくない』と思われていないなと」

ニコニコ笑いながらトリスタンはそう言うと、じっと僕の目を見つめてきた。僕もまた彼を見返す。

「俺も君に打ち明けたいことがある」

「はい」

なんだろう。あ、クリスへの恋心かな。ＢＬ展開のストーリーは全く覚えていないが、協力してほしいと頼まれたら一も二もなく引き受けるつもりだった。

彼もまた幸せになってほしいから。彼の望む幸せを叶えてあげたいと願ったのだ。

「……俺は君の親友に似ているとさっき言ってたね？」

しかしトリスタンが口にしたのは僕への質問だった。

「はい。言いましたね」

「君はその親友のことを、その……どう思っていた？」

「え？」

質問の意図がよくわからない。

「親友だと思ってました」

だから『親友』なわけで、と首を傾げつつ答えると、トリスタンは、

「そうだね。うん、そうだろうね」

となぜか焦った様子となってから、さらに問いを重ねてきた。

「どんな男だったんだ？」

「本当にいいやつでした。思いやりに溢(あふ)れていて優しくて、常に相手のことを考えてくれているような……あんないいやつ、今まで会ったことがありません。それに、何もかもが完璧なんです。顔もスタイルも抜群にいいし、頭脳明晰(ずのうめいせき)で身体能力も高い。以前留学していたから英語はペラペラだし、他の言語も簡単にマスターするし。どうしてあんなに完璧な男が僕なんてなんの取り柄もない人間と友達になってくれたのか、謎でしかないというか。でもそんなこと、実際に会っているときには微塵(みじん)も感じさせない、本当に凄いやつなんです」

思わず熱く語ってしまった。オタク特有のマシンガントーク。好きなものに関して語らせたら熱くいつまでも語ってしまう。

まだ言い足りないと口を開こうとして、しまった、『英語』とか言っちゃったよ、と慌ててフォローに走った。

「と、とにかく、何ヶ国語も操る素晴らしい頭脳を持っていたということで。でもそれを少しもひけらかさないで、困っている人がいるとさりげなくフォローしてくれるんです。僕なんて何度助けてもらったことか。あ、でも、助けてもらったから付き合ってたってわけじゃないんですよ。僕は彼のことが好きだったので」

「ちょっと待ってくれ」

あまりの熱量を受け止めかねたのか、トリスタンがここでストップをかけてきた。

「はい。あ、すみません、つい語ってしまいました」

こうしてみると僕は勇気の強火担だったってことだろうか。いや、違うな。勇気を崇(あが)めたいという気持ちはあまりない。しかし彼の良さをアピールしたい気持ちは溢れているので、信者と言えば信者なのか。

「いや……その……今、親友のことが好きだと言ったよね？」

自分と勇気の間のスタンスを考えていた僕に、トリスタンがおずおずと問いかけてくる。

「言いましたっけ？」

問い返したのは本当に覚えていなかったからだが、それを聞いてなぜかトリスタンは落胆した顔になった。

「いや……なんでもない」

「そうですか？」

勇気を好きだということは当たり前すぎて、言ったかどうかなど覚えていなかった。言ったと言われれば言ったんだろう、と答えようとしたが、なぜかトリスタンはその後、

「ところで」

と話題を変えてしまった。

「マリア嬢についてだが、彼女の目的はなんだと思う？」

「クリス殿下との結婚ですかね？」

話題転換に戸惑いながらも、僕は自分の考えをトリスタンに告げた。このゲームの最終目標は恋愛成就。クリスとの結婚式でエンディングが流れる。

その前には魔族の襲来があった。光魔法で魔族を壊滅させたことで彼女は、平民でありながら皇太子妃になれたのだ。

となると、と僕は、今更気になってきたことをトリスタンに問うてみた。

「あの、魔族が襲撃を仕掛けてくるといった兆候はありませんか？」

「魔族？」

トリスタンがギョッとした顔になっている。

「ええ、確か学園にいたときにも、魔族が襲来してきたようなことがあったのではと……」

野外オリエンテーションでマリアとクリスのいたグループが襲われるというイベントがあったはずだ。マリアはそのとき、まだ光魔法を使いこなせていなかったため、クリスの火魔法に救われる。その後、ゲームには魔族がパタリと出てこなくなり、最後の最後で大襲撃、という流れになるのだが、伏線がたった一回のしょぼい襲撃では弱いなと反省していたことを思い出したのだ。

「ああ、あったな。そういえば」

トリスタンが記憶を辿る顔になったところを見ると、実際にも魔族は鳴りを潜めているようだ。

「魔族の襲撃が見込まれるのか?」

「……可能性はあります。理由はうまく説明できないのですが……」

今更、『僕には未来を見通す力がある』などという嘘は通用すまい、と思ったこともあった。それになぜかトリスタンには嘘をつきたくなかった。

なんでかな? 勇気と顔が似ているから? 自分の心情がよくわからず、いつしか僕はトリスタンの顔を凝視してしまっていたようだ。

「ええと……?」

トリスタンが少し上擦ったような声で問うてきて、初めて無遠慮に見つめてしまっていたことに気づき、僕は慌てて謝った。

「す、すみません、つい……」

「いや、構わない」

なぜか僕の頬は紅潮してきてしまったが、それはトリスタンも同じだった。赤い顔をしていた僕たちはその後もマリアやクリスについての考察を続けたのだったが、それぞれが頓珍漢なことを言い、頓珍漢な答えを返す、といった、とても『実のある』とはいえない対話に終始してしまったのだった。

9

サリエリは僕が認識している以上に『天才』だった。二日かかると言っていた姿を消す魔道具をたった一日で仕上げたと、翌日の夕方に連絡を寄越(よこ)したのである。

「やればできるじゃないですか」

しかしそんなテオドールの失礼な物言いにも言い返すことができないほど、憔悴(しょうすい)しきっていた。気の毒なので僕は彼に向かい掌をかざすと、

「ヒール」

と回復魔法をかけてあげたのだった。

「ああ、ありがとう。トモヤ」

助かったよ、と嬉しそうに笑う彼はなぜか僕を呼び捨てにするようになっていた。僕はそのことに気づいていなかったのだが、トリスタンとテオドールが二人して、

「呼び捨て⁉」

と批難の声をあげたので、そういえば今までは『トモヤ君』だったかと思い出したのだ。

「君たちだって呼び捨てだろう？　なぜ僕だけ『君』をつけないといけないのかと、昨日から

ずっと考えていたんだ」

サリエリが二人を睨みつけ、険悪な空気が流れそうになる。喧嘩の原因はよくわからないながらも、今は一刻を争うときだろう、とそれを思い出させてやることにした。

「とにかく、これを着て今晩、クリス殿下の寝室に忍び込みましょう。その後の作戦についてですが」

と皆を見渡す。皆、ハッとした様子となり、僕に注目してくれる。よし、と頷くと僕は、考えていた作戦を告げ始めた。

「まずはトリスタン様が殿下と話されるのはどうかと思うのですが、いかがでしょう」

「トリスタン」

トリスタンからの返事は、イエスでもノーでもなく、自分の名前だった。

「え？」

「トリスタンと呼んでくれ」

「ええー」

まだ呼び方の話題を引きずっていたのか。うんざりしてしまいそうになったのは、それどころじゃないだろうという気持ちからだったが、それこそ時間がもったいない、と要望を叶えることにした。

「トリスタンが殿下と話すのでいいですか？」

「どうだろうな。逆効果になる可能性が高いような気がする」

満足げな表情を浮かべたトリスタンが告げた言葉の内容は顔に反して否定的だった。

「僕もいきなり浄化魔法をかけたほうがいいと思うよ、トモヤ」

横からテオドールがそう意見を告げる。

「そうですね……」

確かに、と頷くと僕は、

「もし、僕の浄化魔法が効かなかったときには、テオドールさん、神聖力をお願いできますか？」

と頼んだ。

「テオドール」

「え」

まさかこいつもか？　唖然(あぜん)としているとサリエリまでもが、

「サリエリ」

と自分の名前を告げ、僕を見る。

「……呼び捨てにすればいいんですね？」

なぜそうも呼び捨てにこだわるのか。そんな設定、作ったっけ？　攻略対象の呼び名は好感度が上がると変わり、最終形は確か愛称だった。テオドールはテオ、サリエリはサリ、トリスタンは――トリ、ではなく、彼には確か愛称はなかった記憶がある。その代わり『トリスタン』と呼び捨てにするまでに時間がかかったのだ。

僕は彼らを攻略しているわけではないので、呼び捨てにそんな意味があるとは思えない。それを証拠に、と、試しにテオドールに、

「テオでもいいですか？」

と聞いてみた。

「な……っ」

ほら、絶句した。このあと怒り出すだろうからその前に、とフォローしようとしたが、テオドールは、怒るどころか、

「呼んでくれるなら嬉しい」

と頬を赤らめてしまった。

「……はあ……」

あれ？　ＢＬ設定が生きているのか？　しかし僕は攻略対象でもない、女神フォルタナが作った新キャラだ。

フォルタナ様といえば、この世界に送り出してもらったとき、めっちゃイライラさせてしまって申し訳なかった。ちゃんと謝ることもできていないので、もう一度お会いする機会があったら是非(ぜひ)、心から詫びたい。そのときには頭の中を空っぽにして、『うるさい』と言われない

ようにしなくては。

と、またも一人の思考の世界に遊んでしまった。今はそれどころじゃないのだ、と僕は赤い顔をしたテオドールを前に、

「すみませんでした。調子に乗りました」

と頭を下げた。

「全然調子に乗ってないよ。テオでいいから」

テオドールが泣きそうな顔でそう訴えてきたのに若干引き気味になりながら、「ありがとう」と礼を言って話を終わらせる。

「なら私はサリで」

まさかね、と思っていたというのに、やはりサリエリが対抗してきた。あ、これはもしや、僕があまり乗り気じゃなかった本筋とは関係ない『ミニゲーム』の一種だろうか。ヒロイン以外に名前を呼ばせる回数を競うとか？　あまり需要はなさそうだけれどなあと思いながら僕は、

「じゃあ、サリ先生と呼びますね」

そう言い、さっさと話を先に進めることにした。

「先生はいらないんだが……」

サリエリはぶつぶつ言いながらも、新しい呼び名をそれなりに気に入ったらしく、笑顔で僕たちに姿を消す魔道具であるマントを渡してくれた。

「着ればいいんですか？」

フード付きで足元までばっちり隠れている。どういう仕組みなのか、渡されたときは重さがあったが、身に纏ってみると何も着ていないかのように軽かった。

「着たあと、胸元の青いボタンを押すと姿が消える。だが十分間だけだ。あ！　今ボタンを押さないように！」

僕が押しかけたのがわかったのか、サリエリが慌てて注意を促す。

「は、はい」

「一度発動させると、魔力が溜まるまで丸一日かかるんだ」

「ちょっと待ってくれ。ってことは俺たちが帰るときにはもう、姿を消すことができないのか？」

トリスタンが眉間に縦皺を刻み、サリエリに問う。

「そういうことになるかな」

「……ちょっとリスキーかもしれませんね」

「リスキー？」

思わず呟いた言葉を、テオドールが拾う。リスクという言葉はこの世界にはないのかもしれないと、僕は他の表現を探そうとしたがすぐには浮かばなかった。

「危険度が高いってことだろう？　もし、クリス殿下の説得に失敗したときには逃げようがなくなる」

「もう一着ずつ作ってもらうっていうのは？」

テオドールが、いいことを考えた、という顔で告げるのに、サリエリが「無理だ」と青ざめ首を横に振った。

「素材も使い切っているし、何よりもう一度あれをやる気力が私にはない」

「それなら入るのは二人にするというのは？」

そうすれば一人二着となると思い提案したが、なぜか全員からノーと言われてしまった。

「誰も削れないいって結論が出たから、サリエリ先生が魔道具を四着作ったんじゃないか。まあサリエリ先生は削れるけど」

テオドールの言葉にサリエリが嚙みつこうとするのがわかり、その前に、と僕は慌てて声を上げた。

「そしたらもう、当たって砕けろってことで」

「そうだな。もし捕らえられるようなことがあっても、命までは取られないだろうし」

トリスタンが楽観的ともいうべき言葉でフォローしてくれたのはありがたかった。

「いざとなったら戦えばいいし。僕、神聖力をかなり操れるようになったんだ。戦意を喪失させることもできそうだよ」

テオドールもまた頼もしいことを言ってくれたので、僕たちは往路の切符だけを手にした状態ではあったが、そのまま深夜になるのを待ち、出発することにした。

宮殿のことなら詳しいというトリスタンがまず、マントを着用した状態で塀を乗り越え、裏門近くにある使用人用の出入り口の扉を内側から開けてくれ、僕たちはそこから物音を立てないように気をつけつつ、宮殿の中に入った。

「十分だとギリギリだ。走るぞ」

トリスタンがそう言い、走り出す。

「ま、待ってくれ」

マントを着用している者同士だと姿が見えるという仕様なのだが、それでもトリスタンのスピードは早く、普段運動をしないサリエリが脱落しそうになっている。

「先生、大丈夫ですか」

せめて、と彼の手を摑み、引っ張るようにして駆け出すと、サリエリの足取りはいきなり軽くなり、驚いて僕は彼を見てしまった。

「いや、急に力が漲（みなぎ）る気がしたんだ。トモヤ、何かしてくれたのか？」

「いえ、僕は別に？」

していないはずだが、無意識のうちにサリエリをフォローしたいという気持ちから、何か魔法が働いたのかもしれない。光魔法って凄いな、と感心していると、横からテオドールが、

「サリエリ先生の演技じゃないですか？」

と身も蓋もないことを言ってきて、そうだったのか？　とサリエリを見た。

「断じて違う」

「ならいい加減、手を離したらどうですか」

テオドールに指摘されて気づいたが、僕たちはまだ手を繋いだままだった。

「あ、すみません、先生」

「サリだ。ああ、力が抜ける……」

サリエリが悲しげな顔になる。が、言葉とは裏腹に、彼の歩調が緩むことはなかった。

それにしてもさすがは皇族の住居。宮殿は広かった。それでもようやくクリスの寝室の前に到着したが、当然のように護衛騎士が二人、扉の前に立っている。

「任せて」

テオドールが小声で言い、二人に向かって掌をかざすと、白い光が放たれ、二人は立ったままの姿勢で眠ってしまった。

「凄いですね」

この力があれば、逃げられるのではと期待したのがわかったのか、

「一度に大勢はまだちょっとね」

とテオドールが肩を竦めた。

「なるほど」

やはりマッチョになってからじゃないと、神聖力も安定しないんだろうか。この美少年がマッチョになるとは、と成長した姿を想像しそうになるのをなんとか踏みとどまり、僕は皆と頷き合うと、トリスタンが開いた扉からそっと室内へと足を踏み入れた。

「……寝ているみたいだな……」

部屋の明かりは消されており、クリス殿下の寝台近くにある小さな明かりだけが灯(とも)っていた。微かな明かりではあったが、寝台には人が寝ている形に陰影ができている。が、ちょっと大きくないか？　と疑問を覚えつつ、僕はそっと寝台へと近づき、上掛けを少し捲ってみた。

「！」

え？　うそ？　という状況が目に飛び込んできて、反射的にそっと上掛けを戻す。

「どうした」

トリスタンが小声で問いかけた、その声が『彼ら』を起こしたらしく、モゾモゾと上掛けが動いたかと思うと、むっくりと一つの人影が起き上がった。

「何事だ」

まだ半分寝ぼけた状態で問いかけてきたのはクリス殿下だった。が、彼は一人で寝ていたわけではなかった。

「クリス！」

状況を察したトリスタンが怒声を張り上げる。彼だけではなく、テオドールやサリエリもまた、信じがたい顔で寝台を——クリス殿下の横で、未だ目覚める気配なく、しどけない姿で眠るマリアを見ていた。

クリスもマリアも、半裸と言っていい服装だった。全裸じゃなかったのは、このゲームが全年齢向けだからだろうか。にしても、と僕は改めてクリスを、そして、

「んん……」

と小さく吐息を吐き、目覚めかけているマリアをかわるがわるに見やり、溜め息を漏らしてしまった。

「なぜお前がここにいる？　トリスタン」

クリスはさすがにはっきり目覚めたらしく、厳しい目でトリスタンを睨む。トリスタンは今、魔道具のマントを脱ぎ捨てていた。姿を消している場合ではないと考えたのかもしれない。僕やサリエリ、そしてテオドールはまだ、マントを身につけているので、今のところはクリスからは見えていないはずだったが、タイムリミットの十分まではあと二分もなさそうだった。

「その前に説明してくれ。なぜマリア嬢と同衾（どうきん）している？　このことを皇帝陛下や皇后陛下はご存じなのか？」

しかし激昂した様子のトリスタンは臆することなく、クリス以上に厳しい目で彼を見返し問いかけている。

「無礼者！　私に意見できる立場か！」

クリスはそんなトリスタンを一蹴し、

「誰か！」

と声を張り上げた。

「どうしたの？　クリス」

と、彼の横でマリアが起き上がり、クリスに問いかけたあとにトリスタンに気づいた様子となる。

「あら、トリスタン、どうしたの？　怖い顔をして。こんな夜中に、クリスに何か用事があったの？」

「マリア、君は何も言わなくていい。ほら、ゆっくりおやすみ」

クリスが打って変わった優しい声音、優しい眼差しでマリアにそう話しかけると、マリアは、

「そう？」

と微笑み、再び寝台に寝そべった。

「おやすみなさい、クリス」

「ああ、おやすみ」

クリスがそんなマリアの額にキスをする。

「……いや、おかしいだろ」

テオドールが思わず突っ込んだとほぼ同時に、僕たちの魔道具は効果を失った。

「なんだ、君たちは！」

いきなり姿を現すことになったからだろう、クリスが驚愕の声を上げる。

「クリス？」

さすがにマリアも寝ていられなくなったのか、起き上がって僕たちを見る。

「あら、大勢ね」

しかし彼女に驚いた様子はない。意外そうではあるがと思い見つめていると、視線が合った。

「見たことがない顔ね。誰？」

にっこりと笑いかけた顔は前世の真利愛そのもので、郷愁がそそられる。と、そんな僕の耳に、サリエリの激しい語調の声が響いた。

「気をつけろ！　彼女の周囲から闇魔法の気配が立ち上っているのが見える！」

「えっ？」

驚いて振り返った僕の目に飛び込んできたのは、３Ｄ映画を見るときに使うような左右色の違うサングラスをかけているサリエリの姿だった。

もうメガネなしでも３Ｄ映画を見られる時代が来つつあるそうだ、って、それはともかく、どうした、と驚いたが、どうやらあれは３Ｄメガネではなく——当たり前だ——闇魔法を見分ける魔道具らしい。

「サリ先生、天才！」

姿を消すマントだけでなく、そんな便利な魔道具まで作っていたなんて！　と感動したあまり思わず僕はお調子者よろしく叫んでしまったが、それどころじゃなかった、とすぐに我に返るとサリエリに、

「防御の方法はありますか？」

と問いかけた。

「理論上は、光魔法、または神聖力で相殺できるはずだが、試したことはないんだ」

『天才』といったときには胸を張っていたサリエリが、途端に自信なさげな顔になる。

「とにかくやってみましょう！」

理論上いけるなら、と僕はマリアに対し両掌をかざした。

「僕も一緒に！」

テオドールもまた掌をマリアに向ける。

「やめて。何をするの？　私こそが光魔法の使い手よ？　闇魔法なんて使えるはずないじゃない」

マリアが怯えた様子となり、クリスに縋る。

「クリス、助けて。皆、愛し合っている私たちを引き裂こうとしているのよ！　夜中に寝室に忍び込んできたのがその証拠よ」

「いや、それは証拠にはならないような」

思わず突っ込んでしまったが、それで目立ってしまったようでクリスが厳しい目を向けてきた。

「そもそも誰がこの部屋への入室を許可した？　お前は誰だ！　トリスタン、一体どういうつもりだ？」

そして怒りの矛先はトリスタンにも向かっていった。

「クリス、聞いただろう？　マリアからは闇魔法の気配がすると。君はマリアの魅了の魔法にかかっているんだ。そうじゃなきゃ、婚姻前の彼女をこうしてベッドに引き入れるなど、するはずがない！」

トリスタンは叫んだが、クリスは彼の言葉に耳を傾けようとはしなかった。

「今すぐ彼らを連れてここを出るなら、今までのよしみで見逃してやる。だがマリアに危害を加えようとしているのなら今この瞬間にも衛兵を呼び、捕らえさせた上できつい罰を与える。さあ、出ていけ！」

クリスが声を張り上げる。が、トリスタンも負けてはいなかった。

「君の身の安全を思えばこそ、出ていくわけにはいかない！」

「何を⁉」

クリスが怒声を張り上げ、今にも衛兵を呼ぼうとするのがわかり、僕は思わず、

「待ってください‼」

と彼を止めた。

「トリスタンがどれだけあなたを愛しているか、わからないんですかっ！」

「愛だと⁉」

「俺が⁉」

クリスとトリスタン、ほぼ同時に叫ぶ声に被せ、マリアの、

「私に嫉妬したのね‼」

と納得した声が響き渡る。

「するかっ」

トリスタンが怒鳴り返した声が一際高く、室内に響き渡ったあとには、一瞬、沈黙が訪れた。

「殿下を愛していたんだ。知らなかった」

「そういうことなら言っておいてくれ。いらぬ心配をしてしまった」

テオドールとサリエリが、トリスタンに声をかける。

「だから違うって」

トリスタンは二人に否定してみせているが、もしや明かされたくなかったのかと気づき、彼に申し訳ない気持ちとなった。

「ごめん、トリスタン。こんな形で明らかにしてしまって」

「待ってくれ、トモヤ。もしかして君は本気で俺がクリスを愛していると思ってるのか？」

トリスタンが焦った様子で問いかけてくる。

「大切な人だってことはわかってる」

隠したいのなら付き合おう、と大きく頷くと、トリスタンは、信じられない、というように僕から数歩、後ずさった。

「トリスタン、まさかお前が私を愛していたとは」

クリスが呆然とした顔のまま、ふらふらと彼に近づいてくる。それほどのショックを受けたのだとしたら、トリスタンにとってはそれこそショックだろう、とどちらにも同情していた僕だが、すぐ、もしやチャンスでは？　と気づき、クリスの腕を摑む。

「な……っ」

不意打ち状態となったことで、クリスがぎょっとした顔となり、僕の手を振り解こうとする。

「テオ！」

させまい、と僕はテオドールに呼びかけ、彼にもクリスの逆の腕を摑ませた。

「いっせーのせっ」

子供っぽいテオドールの掛け声、ツボだ、と思いながらも、彼と同時に僕は光魔法を、テオドールは神聖力を全力でクリスに注ぐ。

「……っ」

直接触れたほうが魔法の吸収がいいことは実践済みだった。とはいえ、マリアの闇魔法にどっぷり浸かっていた彼を正気に戻せるかはわからない。

「何をするの！　やめてよ！　クリスが苦しんでいるじゃない！」

マリアが駆け寄ろうとするのを、トリスタンが羽交い締めにして制しようとする。

「トリスタン、気をつけて！」

魅了の魔法にかからないように、と注意を与えたが、彼に防ぐ手立てはあるのかと、心配になった。

対抗できるのは光魔法と神聖力。どちらも今、クリスに注がれてしまっている。

「大丈夫だ。こんな女に魅了されてたまるか！」

トリスタンが叫ぶのを聞き、サリエリが納得した声を上げる。

「クリス殿下への愛があるからか！」

「違う！」

「そういう展開、嫌いじゃないわ。ううん、どちらかというと好き！」

マリアが目を輝かせる。彼女も腐女子か。そういえば公表はしていなかったが、前世の真利愛も腐女子気味なところがあったと思い出す。女子には少なからずそうした傾向があるのかも
——なんて気を散らせている場合ではなかった。この隙に、と、精一杯浄化の魔法をクリスに注ぎ込む。

「う……っ」

クリスが呻いた直後、彼の身体が発光した。

「眩しいっ」

サリエリが悲鳴をあげるほどの眩い光が室内を照らしたあとに、すうっと光が収まり、どさりとクリスが床に倒れ込む。

「クリス殿下！」

トリスタンが悲痛な声を上げつつ、マリアを放り出し、クリスに駆け寄る。

「大丈夫、気を失っているだけだから」

僕の目にはクリスの状態はさっぱりわからなかったが、神聖力では見抜けるのか、テオドールがそう言い、疲れた、というように溜め息を漏らした。

「成功した？」

「もちろん」

確認を取ると笑顔で頷く。

「やった!!」

達成感が半端ない。オリヴィオはフォルタナのおかげで強大な魔力を持ち得ていたようだが、さすがに最後、頑張りすぎた。ＨＰがすっからかん、という状態となっているのがわかった。

とはいえ、クリスにかかった魅了が解術できたのならよかった、と安堵の息をついた僕の耳に、マリアのドスのきいた声が響いてくる。

「……なんなのよ……どうしてこんな邪魔が入るの……？」

「皆、気をつけろ！　マリアがまた、闇魔法を使おうとしているぞ！」

３Ｄメガネならぬ、闇魔法識別魔道具の眼鏡をかけたサリエリの警告を受け、僕はテオドールと共に、気を失ったクリスを抱き抱えていたトリスタンの前に立ち、憎々しげに僕たちを睨みつけるマリアと対峙した。

「……テオ、大丈夫か？」

僕はすっからかんだが、テオはどうだ、と問うと、青ざめてはいたものの、大丈夫、と頷いた。

「トモヤは？」

「僕も……」

大丈夫ではないが気力を振り絞ればもうひと頑張りできそうだ。頷き返し、マリアを睨む。

「あと一息だったのに……っ！　クリスもサリエリもテオドールも、私の意のままに動くはずだったのに。一体あなたは誰？　サリエリとテオドールの魅了も解けてるし、そればかりかテオドールの神聖力は増してるし！」

マリアの怒りは今や僕に向いていた。鬼のようなその顔を前にする僕の胸が痛む。というのもマリアの顔は真利愛とそっくりだからだった。

いつも笑顔だった真利愛に、こんな顔はさせたくない。ゲームのマリアは将来の聖女という役どころだったのに、今、目の前にいる彼女はどういう人物なのだろう。

闇魔法を使う聖女なんて聞いたことがない。一体彼女の目的はなんだ？　クリスばかりか、サリエリやテオドール、そして未遂ではあるがトリスタンをも魅了しようとした。

ゲームならハーレムエンド狙いとわかる。しかし現実に『ハーレムエンド』を達成するその目的がわからない。聞いたところで答えてくれるとは思えないが、一応聞いてみることにした。

「それよりあなたは誰なんです？　本当にマリアですか？　本物のマリアならなぜ、闇魔法を使ってクリス殿下たちを虜にしようとしたんです？」

「誰ってマリアよ。『本物のマリアなら』って、あなたが私の何を知っているっていうのよ」

マリアが心底馬鹿にした目つきで僕を見つつ、吐き捨てる。

「将来聖女になるような、気持ちの優しい、清らかな心の持ち主じゃないんですか」

少なくともゲームのマリアはそういう設定だった。テオドールやサリエリが頷いているところを見ると、この世界のマリアもそうなんだろう。

しかし僕の言葉を聞いてマリアは、

「バカみたい」

と言い捨て、僕をはじめその場にいる皆を唖然とさせた。

「ちょっと優しい言葉をかけただけで、気持ちが優しいだの、清らかな心だのと言ってもらえるなんて、本当にあなたたちってチョロいのね」

「え」

マリアの口から『チョロい』なんて言葉を聞きたくはなかった。

「え、演技だったとは……」

そんな設定、作ってないよ、と呆然としていた僕をせせら笑うと、マリアは「それに」と言葉を続けた。

「将来は聖女ですって？　ばっかじゃないの。なるはずないじゃない。私の目的は父を復活させることなんだから！」

「父？」

マリアの両親はどういう設定にしていたんだったか。確か健在だったはずだ。マリアはパン屋だか服屋だかを営んでいる商家の娘にしたような。

父親は生きているのではないのかと戸惑いの声を上げた僕をマリアはチラと見たあと、

「そうだわ」

と何かを思いついた顔となった。

「え？」

「光魔法の使い手を生贄にするのはどうかしら」

「い、生贄⁉」

とんでもないワードが出たせいで、思わず自分でも素っ頓狂と思える声を上げてしまった僕の目の前で、マリアの身体から黒い靄がモワモワと発生し始める。

「闇魔法じゃないか？」

テオドールがギョッとしたように言う横で、サリエリが、

「隠す気はなくなったようだ」

と青ざめた顔で呟く。

「……対抗できる気がしないんだけど……」

今や靄は室内を覆い尽くす勢いで広がっていた。テオドールではないが、僕も危機感をビシバシと肌で感じる。

この靄を、ほぼ残量ゼロの僕の光魔法と、テオドールの神聖力で消せるだろうか。無理としか思えないがやるしかない、と僕は、気力を振り絞るべく、まずは「はっ」と息を強く吐き出した。

「あなたの心臓を贄に、父を復活させるわ！」

にたり、という表現がぴったりの、実に性格が悪そうな笑みを浮かべたマリアが、また『父の復活』を口にする。

「父って誰なんです？　あなたの父親は商家の主人じゃないんですか？」

違うという答えは予測している。が、正解はまるで想像がつかない。それで問いかけた僕に対するマリアの答えは、予想以上に衝撃的で、僕はまたも素っ頓狂な声を上げてしまったのだ

った。

「魔王よ。私は魔王の娘。これからこの国は我々魔族の国になるのよ！」

「聞いてないよー!!」

「魔王だと!?」

「マリアが魔族!?」

サリエリとテオドール、二人もまた相当驚いていた。クリスは未だ気を失ったままで、彼を抱くトリスタンはと見ると、青ざめた顔で唇を噛んでいる。

「そうよ。百年前、当時の皇帝によって封印された魔王を復活させるために私は皇太子に近づいたのよ。魔王の眠る場所に出入りできるのは皇族だけだったから」

マリアはそう言うと、クリスを見やり、さもバカにしたような笑い声を上げた。

「案内もさせたし、鍵も手に入った。魔王の贄にしてやろうと思ったけど、そいつより光魔法の使い手のほうが価値がある。だからそいつにはもう、用はないわ」

「皇太子を『そいつ』呼ばわりするとは」

さすがトリスタン、今はそんな場合ではないのに、クリスが貶(おとし)められたことが許せないようでマリアを睨みつけている。

「どの道魔王が復活したら、皇族を皆殺しにするのは間違いないわ。百年もの長い歳月、封印されたことを父はさぞ、恨んでいるだろうから」

またもマリアは、にたり、と笑ったあとに、すっと手を上げ僕を指差した。

「あなたの心臓を父に捧げるわ。とびきりの目覚めの時間となるでしょう。覚悟なさい」

そう告げたと同時に彼女の指先から稲妻のような光が真っ直ぐに僕へと放たれた。

「……っ」

当たったらそれこそひとたまりもない、と慌てて横に飛び、逃れようとしたところにまた、稲妻が走る。

「トモヤ！」

テオドールは僕を案じてくれたようで、名を呼ぶとマリアに向かい、両手をかざした。彼の掌から発生した白い光はマリアに届いたものの、蚊でも止まったかのような仕草で彼女に払われてしまう。

「……効かないか……」

サリエリが青ざめ呟いたあとに、僕へと声をかけてくれる。

「とにかく当たらないよう、逃げるんだ。今のマリアには光魔法も通じないだろう」

「わかりました！」

言われなくても逃げるしかない。幸い、といっていいのか、狙われているのが僕だけでよかった。自分一人の身を守るのも困難な状況である今、他の人を守らねばならなくなったとしたら、守り切る自信はない。

「ちょこまかうざったいわね」

マリアが苛立(いらだ)った声を上げ、改めて僕へと稲妻を浴びせてきた。なんとか避けることはできたが、足元がよろけ、後ろに倒れ込む。しまった、と思ったが時すでに遅し、新たな稲妻が僕に向かって真っ直ぐ放たれていた。

ああ、当たる。当たったら死ぬに違いない。転生してからまだ数日しか経ってない。短い人生だった——なんてことを考える余裕がどこにあったという感じだが、これが所謂(いわゆる)、人間は死を目前にすると走馬灯の如(ごと)く思い出が巡るというやつだろうか。

そういや前世で死んだときには、走馬灯は巡ったんだっけ。この世界での思い出は紙芝居程度の枚数で済みそうなくらいのものしかないのだが。

フォルタナ様がまた現れてくれるといい。他力本願も極まれり、と思うようなことを最後に考え、僕はこの世界での生涯を終えた——と思いきや、不意に目の前に現れた広い背中により、攻撃を免れたのだった。

「ト、トリスタン⁉」

僕の前に飛び出してきて、身を挺(てい)してマリアから守ってくれたのはなんと、先ほどまでクリスを守っていたトリスタンだった。一体どうして、と僕は、マリアの放った閃光(せんこう)を胸に浴びながらも、倒れることなく未だ足を踏ん張り、必死で僕を庇い続けているトリスタンに呼びかけた。

「ど、どうして……」

「逃げろ……っ」

トリスタンがマリアを睨んだまま吐き捨てる。

「邪魔よ！」

マリアが苛立った声を上げ、またも稲妻を浴びせようとする。

「危ない！」

トリスタンを連れて逃げねば、と手を伸ばすより前にトリスタンは剣を抜いたかと思うと、マリアが放った稲妻をその剣で受け止めた。

稲妻はそのままマリアに跳ね返り、彼女が悲鳴を上げ、その場に倒れる。

「く……っ」

しかしすぐに立ち上がろうとする彼女に向かい、トリスタンが剣を振り上げる。

「小癪な！」

マリアがそんな彼に怒鳴り、掌をかざしてまた魔法を浴びせようとした。が、彼女に背後から近づいていたサリエリが頭からマントを被せた上で、上から飛びつき、彼女を再び床に沈めたのだった。

「先生、どいて！」

と、テオドールがサリエリに声をかけつつ手をかざし、マントを神聖力で生み出した発光する鎖でがんじがらめにする。

「捕縛はできたけど、このまま封印するには、僕の力では足りないかも」

やれやれ、とテオドールが息を吐き出す。

マリアはマントの下でジタバタと暴れていたが、鎖を切る力はなさそうだった。

「よかった……」

それを見て、安堵した声を上げたトリスタンが、剣を手にしたまま、ゆっくりとくずおれていく。

「トリスタン⁉」

慌てて僕は彼を抱き起こしたのだが、彼の服は焦げ、胸が抉られている様を目の当たりにし、息を呑んだ。

「こ……こんな身体で……」

剣を振るっていたなんて信じられない。最初に攻撃を受けたときにはもう、ここまでダメージを受けていたんだろうか。

頭が真っ白になり、何も考えられない。ただ一つ願うことは、と僕はトリスタンに訴えた。

「死なないでくれ！　トリスタン！　頼む……っ！」

「……君が無事でよかった……トモヤ」

トリスタンはもはや、虫の息と言っていい状態だった。顔色は紙のように白く、血の気がまるでない。

「大丈夫だ。今、傷を治すから……！」

光の魔力をなんとかかき集めようとしていた僕に、トリスタンがゆっくりと首を横に振った。

「多分……もう無理だ。さすがに死んだ人間は生き返らせられないだろう？　無駄に力を使うことはないさ」

「何を言ってるんだ！　生きてるじゃないか!!」

叫んだ僕の頬に、トリスタンが手を差し伸べてくる。

「……トモヤ……」

その手を取ると、トリスタンは嬉しげに微笑んだ。あまりに弱々しい笑みに胸が詰まり、涙が込み上げてくる。

「治す……治すから……っ」

涙声になりそうで、唇を噛む。泣いている場合じゃない、気力を振り絞って回復魔法を、と自分の中に力を漲らせようとしていた僕の手を、トリスタンが握る。

「……また、お前に会えてよかった」

「……え……？」

『また』？　戸惑いの声を上げたせいで集中力が途切れ、集まりかけた魔力が霧散する。馬鹿か、僕はと己を叱咤し、またも魔力を集めようとしていた僕に、トリスタンが微笑みながら話しかけてくる。

「ずっと……ずっと好きだった。でも告白する勇気がなかった」

「なにを……？」

言い出したのだと、僕はトリスタンを見返したあと、もしや、と視界の隅に横たわっていた皇太子クリスを見やった。

意識が混濁して僕とクリスを間違えているのだろうか。しかし今の状態の――瀕死といっていい彼に、『違う』と言うのは躊躇われる。クリスの意識は未だ戻っていないようなので、交代もできない。あとからちゃんと伝えるから、という思いを込め、トリスタンの手を握る。

「……違うよ。間違えてない。俺がずっと好きだったのは君だ。朝也だ」

トリスタンが、くす、と笑ったあとにそう告げたが、もう喋るのはつらいのか、ゴホゴホと咳き込んでしまった。

「だ、大丈夫ですかっ」

もう喋らないほうが、と言おうとした僕の言葉に被せ、トリスタンが思いもかけないことを言い出した。

「学生時代から……初めて会ったときから、ずっと好きだった。でも、告白する勇気はなかった。親友として一生そばにいる。それでいいと自分を騙していた」

「な……にを……？」

僕は今、最高に混乱していた。僕の手を握り、苦しげな様子で思いの丈を告げているのは間違いなくトリスタンだ。

しかし喋っている内容は、まるで——トリスタンが僕と視線を合わせ、にっこりと微笑む。

「……この先もずっと、同じ世界で生きたかった……でも、君を守ることができたのでよしとするよ」

僕が何を言うより前に、言いたいことを見抜いてくれていた彼。なぜわかるのか、エスパーなんじゃないかと驚くと、

『朝也は素直だから、顔に感情がそのまま出るんだ。わかりやすいんだよ』

と笑っていた。でも勇気以外に、喋らずとも気持ちが通じる相手なんて一人もいなかった。

さっきから僕の心を読み続ける彼。もしや、とその名を呼んでみる。

「待ってくれ！　もしかして勇気なのか？　トリスタンじゃなくて勇気だったのか？」

その瞬間、トリスタンは心から嬉しそうに微笑み、僕の手を握り締めた。

「……幸せに……なってくれ。朝也」

掠(かす)れた声でそう言ったのは間違いなく勇気だった。

「勇気！　どうして⁉　いや、そんなことより！　勇気！　しっかりしろ！　死ぬな‼」

何がなんだかわからない。でも僕の腕の中で今や命の炎が燃え尽きようとしているのが勇気とわかってはもう、叫ばずにはいられなかった。

「死なないでくれ!! 頼む!!」

「……好きだ……」

そんな僕にトリスタンは——否、勇気は、苦しげな息の下、一言そう言うと、すうっと目を閉じてしまった。

「勇気! 勇気!! いやだ!! 死ぬな!!」

神様。どうか力を貸してください。勇気を生き返らせてください。お願いします……!!

勇気の身体を抱き締め、必死に祈る。と、枯渇していたはずの僕の魔力が一気に漲ったかと思うとそのまま放出され、自分でも目を開けていられないほどの強い光が全身から放たれた。

「トモヤ!」

「眩しい……っ」

テオドールやサリエリの声が遠ざかっていき、やがて何の物音もしなくなった。

「……え……?」

うっすらと目を開き、周囲を見回す。そこは見覚えがあるようなないような、そもそも『見覚え』られるはずもない何もない空間だった。

そう、ここは確か女神様と会った場所——と彼女の姿を探そうとしていた僕の耳に、

「あれ……?」

という戸惑った声が響き、ハッとして未だ腕に抱いていた彼を——おそらくトリスタンでは

なく勇気を見下ろした。

「朝也……？」

「勇気！」

ああ、生きている。よかった、と涙が溢れそうになった直後、待てよ、と気づく。

勇気が生きているのではなく、僕が死んだのではなかろうか？

「そんなはず、ないでしょう」

と、聞き覚えのある美しい――だが呆れた声が響き、僕はまたもハッとして声のほうを振り返った。

「女神様！」

僕たちの背後に立っていたのは、僕に転生の機会を与えてくれた運命の女神、フォルタナだった。相変わらずの美貌（びぼう）に見惚れそうになるも、勇気が不意に立ち上がったかと思うと、フォルタナに対し、

「一体どういうことなんです？」

と詰め寄るのを前にしては、見惚れている場合ではなくなった。

「失礼だよ、勇気」

「失礼なことはありませんよ。説明を求める気持ちもわかります」

フォルタナは僕に対しては苛立ちをあらわにするなどあたりがキツく感じたものだったが、

勇気に対しては実に寛大である。僕と勇気じゃ人間の出来が違うから仕方がないとはいえ、ちょっと傷つきはするかも、と恨みがましい気持ちになりかけていた僕は、フォルタナに視線を向けられ、いけない、と慌てて邪念を振り払った。

「あの、何がどうなっているのか、僕にはさっぱりわからないんですが……なぜ、勇気がここに？」

「私の口から説明してもいいのですが、本人に聞いたほうがいいような気がします」

フォルタナは淡々とそう言うと、視線を勇気に向ける。

「え？　俺、喋れるんですか？　駄目だと言われていませんでした？」

勇気もまた戸惑った顔になっていたが、フォルタナが答えるより前に、ハッとした様子となり、

「もちろん！　俺が！　言います！」

と宣言したかと思うと、物凄い勢いで僕を振り返った。

「朝也！　俺はどうしても君の死を受け入れることができなかったんだ」

「……どういうこと？」

まさか――最悪のことを想像してしまい、確かめる声が震える。

「……勇気も死んだ……のか？」

「どうなんだろう。多分死んだのかな」

「そんな呑気な！」

それになんだ、『多分』って、と、憤ったせいで僕は彼を怒鳴りつけてしまった。

「違うんだ、朝也の命を蘇らせてほしいと強く願ったら、運命の女神が目の前に現れたんだよ」

自殺したわけではないのだと勇気が告げたのを聞き、ひとまずは安堵する。

「フォルタナ様は俺の気持ちを汲んでくれ、お前を生き返らせるのは無理だが、同じ世界に憑依させることならできるというので頼んだんだ」

「……それにしたって……」

勇気の前には輝かしい未来が開けていたはずだ。それを擲ってまで、僕に会いに来てくれたのかと思うとありがたさ以前に申し訳なさしか感じない。

しかし待てよ。と僕は先ほど聞いたばかりの彼からの告白を思い出していた。

「……ええと……」

僕のことをずっと好きだったと、確かに彼は言っていた。とても信じがたいが、今際の際に嘘を言うとは思えない。

あの勇気が？　僕を？　逆ならまだわかるが、と、確かめようと思うのだが、『僕のこと好き？』と本人に聞くのはハードルが高かった。だが、聞かねばならない。人の気持ちを粗末にするわけにはいかないから、と勇気を振り絞り問いかける。

「さっき、僕のことを好きと言ったよね？」

「……ああ、言った。お前が好きなんだ。ずっと好きだった。もう一度会いたいと心から願ったからおそらく、フォルタナ様も願いを聞き入れてくださったんだろう」

しみじみとした口調で勇気はそう告げると、それでもまだ信じられない、と呆然としていた僕の前で、「しかし」と溜め息を漏らした。

「憑依した世界で、俺が勇気であると明かすのを禁じられていたんだ。言おうとすると声が出なくなる。筆談ももちろんできない。それが憑依の条件だった」

「どうしてまた……」

そんな条件を、という疑問がつい口をついて出る。

「彼はあなたのように亡くなったわけではなく、生のあるうちに異世界に行くことを希望しました。いわば世の中の理(ことわり)を歪めるのですから、多少の試練は必要となります」

すかさずフォルタナから答えが返ってきて、僕は慌てて、

「ありがとうございます」

と礼を言ったあとに、改めて勇気を見やった。勇気も僕を見返す。

「……自業自得とはいえ、前世ではお前への思いを伝えられないでいた。いわば自ら試練を課していたようなものだから、耐えられると思った。それより困ったのは、お前が誰に転生したのか最初、わからなかったことだ。しかも俺はこのゲームに詳しくない。まだ発売前だったか

ら、営業部にはほぼ情報が入って来ていなかったんだ」

「全く手探りの状態でトリスタンになってたのか？」

全然違和感なかった。さすがだ、と感心した僕に、

「トリスタンとしての記憶はあったから」

と勇気は謙遜としか思えないことを言い、頭を掻いた。

「……そこはどうでもいいのでは？」

もっと大切なことがあるでしょう、とここでフォルタナの、僕にとっては聞き慣れている苛ついた声が響いてきた。

「す、すみません」

「そうでした」

二人して反省し、彼女にほぼ同時に頭を下げる。

「ああ、懐かしい。この感じ」

くす、と勇気が笑って僕を見る。

「え？」

「またこうしてお前と一緒に笑ったり謝ったりできるなんて……お前を失わずにすんで、本当によかったよ」

しみじみとそう告げる勇気の瞳にはうっすらと涙が浮かんでいた。

「……勇気……」

彼の言葉に、優しい笑みに胸を打たれ、僕の目にも涙が溢れてきてしまう。が、ちょっと待ってくれ、と僕は、勇気の思わぬ登場に驚愕したせいで忘れていた『あのこと』を思い出した。

「あの……勇気……？」

勇気は真利愛と両思いとなったはずでは？　彼の想い人は真利愛じゃないのか？　なのに僕を追ってこの世界にやってきた？　どういうことなんだろうと混乱してしまいながらも、確かめたいという気持ちに後押しされ、僕は彼に確認を取ることにした。

「なに？」

「……君は小峰さんが好きだったんだよね？」

「え？」

勇気は今、鳩が豆鉄砲を喰らったような顔をしていた。常々、どんな顔だよ、と思っていた表現だったが、まさにこれだ、と愕然とした様子の勇気を前に納得する。

「どうしてそんな誤解を？　あ！」

すぐに勇気は我に返った様子となり、眉を顰めつつ僕に問いかけてきたが、途中で何かに気づいた顔になった。

「そんな誤解をしていたから、このところ俺を避けていたのか？」

「誤解じゃないよ。見たんだ」

そう、僕は見てしまった。非常階段で抱き合う二人を。言い逃れようとしてもダメだ、と、なぜか急に腹立たしくなってしまい、僕はそう言って彼を睨んだ。

「見たってなにを」

あくまでも惚けようというのか。勇気らしくない。勇気は嘘とは無縁の誠実な男だった。二股とか浮気とかとも無縁だと思っていたのに、と、どうして僕はこうもムッとしているのかと自分でも不思議に思いながら、これで言い逃れはできまいという『事実』を彼にぶつけてやった。

「小峰さんと非常階段で抱き合ってただろう？　勇気が小峰さんに好きだと言って、小峰さんも『私も好き』みたいなことを言ってたの、偶然、見ちゃったんだよ」

「……ああ！」

最初、訝しそうに僕の言葉を聞いていた勇気が、突然大きな声を上げた。

「……っ」

「なんだ、俺が好きだと言ったなんて言うから、なんのことかと思っていた。違う、誤解だ。俺は小峰さんに『好き』なんて言ってない。どちらかというと……いや、はっきりと嫌いだ」

「え？　でも……」

もしかして、丸め込もうとしているのか？　抱き合っているところを見た僕を？　勇気らしくない、と言い返そうとした僕の両肩を勇気が摑み、じっと目を見つめてくる。

「……俺は嘘は言わない。だが、このことは明かしていいのかと、正直迷っている」

「…………」

詭弁（きべん）？　と思ったのが伝わったのか、勇気は唇を引き結んだあと、

「ショックだったらごめん」

と先に謝ってから、驚くべき事情を説明し始めた。

「俺は彼女の——小峰真利愛のことを探っていたんだ。彼女がお前を陥れようとしている気配を察していたから」

「……え？　陥れる？」

真利愛が？　誰に対しても——そう、僕に対しても常に笑顔で優しい言葉をかけてくれていた彼女が僕を陥れる？　あり得ないのでは、と反論しようとした僕に対し、相変わらず真摯な表情のまま、勇気が言葉を続ける。

「彼女はお前が思っているような人間じゃない。チームで今、お前が主体となってゲームが制作されていることを妬んで、有る事無い事チームリーダーに吹き込み、お前を制作チームから外そうとしていたんだ。リリース前にチームから外れれば、お前の名前はクレジットされないと見込んでのことだろう。お前の功績をそっくり自分のものにしようとしていたんだよ」

「ええっ？　そんな……っ」

信じられない、と唖然としていた僕に、勇気が畳み掛ける。

「お前がＳＮＳの裏垢で、チームの皆の悪口を言いまくっているとか、自分にはどんなに断ってもしつこく飲みに誘ってきて、これ以上断るとチームから追い出してやると言われたとか……あるときからチームリーダーや皆の、お前への態度が変わったこと、気づいていただろう？」

「うん……でも……」

確かに気づいていた。が、まさか真利愛の策略だったなんて。やはり信じられないと、自然と首を横に振っていた僕を勇気は切なそうな目で見たあと、思い切るようにその目を閉じ、息を吐き出してからまた、喋り始めたのだった。

「お前の悪い噂が営業部にまで届くようになっていて、誰が発信元かと探っていくと彼女に行き当たったんだ。それで彼女に近づいた。運よく彼女は俺に好意を持っていたそうで、付き合いたいと言ってきたんだ。だが間違っても俺は彼女に好きだなんて言ってない。『君に興味がある』と言った記憶はあるが……」

「……『興味がある』イコール『好き』と思ったってことか……彼女は……」

嬉しそうに勇気に抱きついていた彼女の弾んだ声を思い出す僕の口からは深い溜め息が漏れていた。

「……お前が彼女を好きなことは、見ていて伝わってきた。それだけに彼女に、お前に対する非道な行いをやめてもらいたかった。なんとか説得できないかと考えていた矢先、お前が彼女

を庇って……」

　ここで勇気が言葉を詰まらせ、唇を噛む。

「勇気……」

「彼女を庇って……代わりにトラックに轢かれて……俺はあの日、お前と話したくて、お前が会社を出るのを待っていたんだ。このところ避けられていたから、声をかけるタイミングをはかっているうちにお前が事故に遭って……耐えられなかった。あんな女のためにお前が死ぬことはなかったのに……っ」

「……勇気……」

　そう告げる勇気の両目からは、はらはらと涙が零れ落ちていた。

　彼の想いが――僕への愛がひしひしと伝わってきて、僕もまたぼろぼろと涙を零し、彼を見る。

「……小峰真利愛が邪悪な性格をしていることは間違いありません」

　と、ここでフォルタナが静かな語調で話に入ってきた。

「……あ……だから、彼女が転生するのは悪役令嬢のオリヴィエだったんですね……」

　真利愛がなぜ、主人公のマリアではなく悪役令嬢に転生する予定だったのかと疑問に思っていたのだが、そういうことだったのか、と呟いた僕に、フォルタナが頷く。

「ええ。彼女には前世での己の行動をしっかりと反省してもらうつもりでいたのです。あなたのおかげで死ぬことは免れましたが、今では自分のついた嘘が露呈し、社内で針のむしろ状態となっていています。まあ反省はしていないようですが……」

「やっぱりね」

勇気が忌々しげに言い捨てたあと、フォルタナに向かい深く頭を下げた。

「彼女の嘘を露呈させたのはあなたですよね。ありがとうございます。少し溜飲が下がった思いがします」

「あなたが酷い目に遭ったわけではないでしょうに」

フォルタナが淡々と返すのに、勇気は「そうですね」と笑っている。自分なら飛び上がって戦いただろうにと、彼の度胸に感心した。

「……あなたのために怒ってくれているとわかってますか？」

と、フォルタナの視線が僕へと移り、きつい語調で問いかけてくる。

「す、すみません……っ」

やっぱり飛び上がってしまっていた僕に、フォルタナはやれやれというように溜め息をついたあと、また視線を勇気へと移し、柔らかな口調で話し始めた。

「あなたが身を挺して彼を守ったことで、思いが本物であると証明されました。なのであなたの『試練』はここで終わりとしましょう」

「まさか……っ」

それを聞いて青ざめたのは僕だけだった。

「このまま死ぬわけじゃないですよねっ」

勢い込んで尋ねてしまったが、フォルタナだけでなく勇気にまで戸惑った顔で見返され、

「え？」

と今度は僕が戸惑う。

「私がまた彼を別の世界に転生させるとでも？　あなたにとって私はどれだけ非情な神なんですか」

「この流れで『それじゃお別れしてください』とはならないと思うよ、さすがに……」

呆れた視線が突き刺さる。でもそんな痛みを跳ね返すくらい、僕の胸は浮き立っていた。

「ということは！　また勇気と一緒にいられるんだな！」

「朝也……っ」

僕の言葉を聞き、勇気が泣きそうな顔になる。

「喜んでくれるんだな」

「当たり前だ！　だって……っ」

親友じゃないか、と答えかけ、彼から告白を受けたことを思い出す。

「あ……」

そうだった。勇気にとっての僕は『親友』ではなく恋愛の対象だった。しかしそれがわかっ

たからといって、この嬉しい気持ちは変わらない、と僕は、目の前で不安そうな表情となった勇気に、大きく頷いてみせた。

「当たり前だもの」

「……ありがとう、朝也」

勇気がまた泣きそうになっている。実は涙脆かったりしたんだろうかと驚いていた僕の耳に、フォルタナの明るい声が響いた。

「それではまたあなたたちを元の世界に戻しましょう。この先マリアが逃亡したり魔王が復活したりと、決して平坦な道ではありませんが、力を合わせて頑張ってください」

「えっ⁉ そんな……っ」

今、さらっと物凄いこと言わなかったか？　と聞き返そうとしたときには、僕と勇気の周囲を突風が吹き抜けていった。

「うわっ」

思わず勇気にしがみつくと、勇気は少し困った顔になりながらも僕の背をしっかりと抱き締めてくれ、風が治るまで僕たちはそのまま抱き合っていたのだった。

フォルタナは言葉どおり、僕たちを前と同じ状況下に戻してくれた。違うのは勇気――というかトリスタンというか――がピンピンしていることで、どうして、とサリエリやテオドール、それに意識を取り戻した皇太子クリスに詰め寄られることとなった。

口止めをされたわけではないが、フォルタナに助けてもらったと告げていいかわからなかったので口籠(くちごも)った僕の横で、トリスタンが明るくこう告げる。

「愛の力かな」

「誰のだ!!」

「友情だよね？　トモヤ？」

サリエリとテオドールが真っ青になって問いかけてくる横ではクリスが、

「トリスタンが愛？」

と戸惑った顔になっていた。

「そ、それより、殿下、ご気分は？」

話を変えねば、と僕はクリスに体調を問うたのだが、しまった、まだ名乗ってもいなかったと気づいて青ざめた。

そもそもこちらから話しかけていい相手ではなかったのではと、冷や汗が一気に吹き出す。失礼しましたと謝ったほうがいいのか、謝るのも話しかけることになるので控えていたほうがいいのか。わからない、とダラダラ汗を流していた僕の横から、トリスタンがクリスに声をかける。

「殿下、彼は私の古い友人で、闇魔法にかかっていた殿下を救ってくれた男です」

「どうした？　お前が私を『殿下』と呼ぶとは」

クリスが不思議そうに問いかけるのに、

「呼べと言ったじゃないですか」

と答えるトリスタンの顔には笑みがあった。

「私が？　ああ、闇魔法のせいか」

やれやれ、というように溜め息を漏らしたあと、クリスがトリスタンに詫びる。

「悪かった。この者たちから話は聞いた。マリアは魔王の娘で、魔王の封印を解くために私に近づいたのだと」

「魅了の魔法で自分の傀儡(くぐつ)にしようとしたんだ。未遂に防げてよかったよ」

トリスタンとクリスはとても親しい間柄のようだ。タメ口が許されているとはと驚きつつ、やはりＢＬ設定は生きているのかなと疑問を持つ。

となると僕とクリスはライバル？　皇太子相手に勝てる気なんてしないのだが、と溜め息を吐きかけ、ちょっと待て、と我に返る。

ライバルって。僕にとって勇気は親友という存在だったはずだ。もしもクリスとトリスタンが恋人同士だったとしても、『ライバル』にはなり得ない。

でも――トリスタンとクリスがそういう関係だとしたら、と考えるだけでモヤモヤしてきてしまう。

勇気が憑依する前のトリスタンとクリスが恋人同士だったとして、中身が勇気に変わっている今、その関係はどういうことになるんだろう。皇太子の求愛を、勇気は断ることができるんだろうか。そもそもなんで断ること前提なんだ。僕のために断ってくれるとでも思っているのか。

そりゃ、断ってほしいけれども――。

「本当に恥ずかしい限りだ。おかげで助かったよ」

クリスは苦笑しつつトリスタンに礼を言ったあと、視線を僕へと向ける。

「礼を言わせてくれ。名はなんという？」

「トモヤと……」

申します、とごく普通に名乗りかけた僕の声に被せ、トリスタンの凛(りん)とした声が響く。

「彼はオリヴィオといいます。クリス殿下の婚約者、オリヴィエ嬢の双子の弟です」

「！」

ここで正体を明かすとは。でもよく考えれば、今しかその機会はなかった、とトリスタンの配慮に感謝する。一生『トモヤ』で過ごすことはできないのだから、と、魔法で髪色と瞳の色を戻すと僕は、クリスの前に跪(ひざまず)いた。

「オリヴィオと申します。姉の不始末につきましては心よりお詫び申し上げます」

「不始末？」

クリスが不思議そうな顔になる。しまった、魅了の魔法にかかっている間のことは覚えていないのだったら、言わなければよかったなと悔やんでいる場合ではなかった。

「ちょっと待ってくれ。トモヤじゃなくてオリヴィオだって？」

サリエリが仰天した声を上げる横ではテオドールもまた青ざめている。

「騙す形になってしまって申し訳ありません」

頭を下げた僕の声にまた被せるようにして、トリスタンが喋り出した。

「オリヴィエ嬢も闇魔法の被害者だったんだ。彼女の窮地を救いたいという旧友の頼みであるならなんとしてでも引き受けねばと協力した。全ての責任は俺にある」

「え？」

いや、オリヴィエは闇魔法にはかかっていなかったような、と言い返そうとしたが、トリスタンは首を横に振ることで、何も言うな、と制してきた。

それでも、と口を開きかけた僕の耳に、クリスの戸惑った声が届く。

「責任も何も、二人は私を、それに帝国を救ってくれた。もちろんサリエリ先生やテオドールもだ。感謝しかない」

にっこり、とそれは美しい笑顔を向けてくるクリスに見惚れそうになった。さすがは攻略対象その一。パッケージでも一番大きく描かれている超美形キャラの笑顔の魅力に参ってしまいそうになる。

「……まあ、騙されていたといっても名前くらいだし」

テオドールが気を取り直した顔になり、そう声をかけてくれた。

「オリヴィオ？　だっけ。オリと呼んでもいい？」

「もちろんです。テオ」

よかった、受け入れてもらえたと、思わず笑顔になる。

「眩しい」

ぼそ、とサリエリが呟く声が聞こえ、彼はまだ怒っているだろうかと案じつつ、改めて頭を下げてみた。

「サリエリ先生、申し訳ありませんでした」

「サリと呼んでくれていただろう？　オリ」

どうやらサリエリの怒りも治っていたらしい。よかった、と安堵していた僕の前で、テオドールが彼に絡み出す。

「オリって勝手に呼ばないでもらえます？　僕はちゃんと許可得ましたけど」

「お前が呼べて私が呼べないわけがない」

「……二人とも、場所をわきまえたほうが」

だがトリスタンに注意されると、二人してハッとした顔になり、慌てて口を閉ざしていた。

「いいんだ。それよりオリヴィエに何があったのか、教えてほしい。彼女は今、無事なのか？　闇魔法は解けているのか？」

意外にもクリスはオリヴィエを案じてくれていた。ゲームのように毛嫌いされていなくてよかった、と安堵していた僕の横で、トリスタンが代わりにとばかりに口を開く。

「もう夜も遅い。明日、改めて説明しに来るよ」

「ああ、そうだな。本当に皆、ありがとう」

改めてクリスが僕たちに礼を言う。

「もったいない」

恐縮しまくるサリエリやテオドールと共に、僕たちはクリスの部屋を辞し、それぞれの家に戻ることになった。

また明日と二人と別れたあと、トリスタンが僕の肩を抱く。

「うちに来るだろう？」

「あ……うん」

どき、と今までにない感じで鼓動が高鳴る。頬に血が上ってきてしまったのを気づかれたくなくて俯くと、トリスタンが顔を覗き込んできた。

「……もしかして、嫌か？」

「嫌じゃないよ。そんな」

なぜ嫌がっていると思われたのかと目を見開くと、トリスタンは——勇気は安堵した顔になり「よかった」と微笑んだ。

その顔を見てまた、どき、と鼓動が高鳴る。まるでときめいているみたいじゃないかと呆れてしまったあと、もしやときめいているのではと気づいて愕然となった。

ときめく。勇気に。いや、前世でも彼と向かい合っているときに、かっこいいなと思ったことは何度もあった。が、こんなふうにときめいたことはなかったように思う。

なのにどうして、と疑問を覚えた直後に、告白されたからかと答えを見つける。

未だに信じられない。勇気が僕を好きだなんて。しかも初めて出会ったときから今に至るまでずっと好きだったなんて。

どうして僕なんだ、と不思議に思うと同時に、彼が今までしてきた行動への疑問が全て解決されていく。

就職先は引く手数多だっただろうに、なぜ僕と同じゲーム会社に決めたのか。勇気は特にゲームが好きというわけではなかった。いくら親友だからといって、夢を応援したいがために就職先を決めるだろうか。

そして今回のこと。真利愛が僕を陥れようとしていると気づき、彼女の気を引いて確かめようとしてくれた。僕が彼女を好きだと気づいていたので、傷つけないよう配慮までしてくれている。

何より僕が転生した世界に行きたいと願ってくれた。彼にとっては馴染みがあるとは到底言えないこのゲームの世界の中で、僕と生きたいと願ってくれたのも全て、『好きだから』だとすれば納得できた。

でも——なんで僕なんだろう。勇気なら高望みのし放題だ。そもそも勇気が高みにいるのでどんな望みも『高望み』にはならない。なのになんで僕なんかを選んだんだろう。

ひよこが最初に目についたものを母親と慕うという、アレか？　でも最初は勇気から声をかけてくれた記憶がある。

「朝也」

いつしか一人の世界に入り込んでいた僕は、勇気に名を呼ばれ、ハッと我に返った。

「あ、ごめん」

「いや、行こう」

勇気は僕の考えていることをなんでも見抜く。多分今も見抜かれたんだろうなとわかったのは、何か言いたげな様子をしていたからだった。

「家でゆっくり話そう」

ここではなく、と僕の肩を抱く勇気の手に力がこもる。またもどきりとしてしまっていた僕の頬は自然と赤く染まってしまい、顔を見られぬよう下を向いたまま僕は彼と共に帰路に着いたのだった。


帰宅は深夜を回っていたが、勇気も、そして僕も話がしたくて、勇気が僕のために用意してくれた部屋で二人向かい合った。

さすが公爵家の来客用の部屋ということで、ベッドの横に簡易なものではあるが応接セットがある。ソファに向かい合って座ると勇気は、

「何か飲むかい？」

と聞いてきた。

「……うん……」

「ワインにしようか」

立ち上がろうとする彼を僕はなぜか、呼び止めてしまった。

「勇気」

「なに？」

勇気が僕を見つめる。

「……僕のどこがよかったんだ？」

僕の問いは至極もっともだと思うものなのに、勇気はぽかんと口を開け、僕を見返してきた。

いいところが見つからないのかもと、フォローしようとした僕の目の前で、勇気の口角が上がり満面の笑顔となる。

「……え？」

「……僕が好きだという気持ちを、わかってくれたんだな」

「わかったというか、わからないというか……なんで僕なのかなって」

「……そういうところだよ」

「どういう……？」

まさか理解が悪いところ？　と問い返そうとすると、見抜いたらしい勇気が吹き出した。

「違う。常に人に寄り添おうとする、優しいところだ」

「……そうかな？」

自分はそんな性格をしていたかと、振り返って首を傾げる。

「ああ。『なんで僕なのか』というのは、自分にはそんな価値がないとでも思ったから出た言葉だろう？　価値というのは俺にとっての価値だ。相手にとって自分はどんな存在かを考える。それが君の思いやりだとわかるから」

「そんな、買いかぶりだよ」

自分が冷たい人間とは思わない。だが、勇気が言うような思いやり溢れる性格とまではいかないんじゃないかと思う。いいように解釈してくれているだけだと言おうとしたが、その言葉を勇気は制した。

「買いかぶりじゃない。優しすぎて拒絶できないのではないかと気にしている」

不意に真面目な顔になり、僕をじっと見つめてくる。

「いやならいやと言ってくれ。迷惑と言われても大丈夫だ」

「え？　なにが？」

素でわからず問いかけると、勇気はまた、ぽかんとした顔になった。ちょっと間抜けで可愛い、と笑いそうになったが、失礼すぎるかと思い留まる。その間に勇気は自分を取り戻したようで、

「いや、だから……」

と、説明を始めた。

「俺の気持ちだよ。お前のことを好きだと言った。好きと言うのは恋愛感情としての好きだと、言ったじゃないか」

「あ……うん。わかってる」

だからこそ『なんで僕なんか』と思ったわけで、と答えると、

「わかってる？　本当に？」

と勇気が問いを重ねてきた。

「うん」

「でもいやではない」

「うん。いやではない。驚いたし、意外だと思ったけど」

それが正直な気持ちだった。言いながら僕は、そうか、嫌悪感を抱くのではと不安に思われていたのかとようやく察し、勇気を見た。

「いや……とは全く思わなかった。本当だよ」

「……ありがとう」

勇気が泣き笑いのような顔になる。

「……縁を切りたいと言われても仕方がないと思っていたから」

「言うはずがないよ」

「親友だから……か？」

即答した僕に、勇気が確認を取ってくる。

「うん……いや」

そうじゃないな、と僕は、自分の気持ちと向かい合った結果、導き出された結論を彼に向かって告げていた。

「勇気だからだよ」

「……なあ」

それを聞いた勇気が、少し思い詰めた表情となり、僕に声をかける。

「ん?」

「……抱き締めてもいいか?」

「……え……?」

まさかそんなことを聞かれるとは思わず、戸惑いの声を上げたときには、勇気が立ち上がりテーブルを回り込んで僕の横に座っていた。

「いやだったら突き飛ばしてくれ」

ゴクリ、と唾を飲み込みそう言うと、勇気がおずおずと僕へと手を伸ばし、胸に抱き寄せようとした。

「…………」

今まで彼と抱き合ったことは何度かあった。何か嬉しいことがあって、抱き合って喜びを共にする、というようなときだったが、こんなふうにドキドキしたりはしなかった。

まさにときめき真っ只中(ただなか)、と彼の胸に身体を預ける。それだけだとなんとなく物足りないような気がして、僕もまた勇気の背に腕を回し、グッと抱き締めてみた。

びく、と勇気の身体が震えたのがわかり、いたたまれなさから慌てて腕を解こうとする。

「好きだ」

思い詰めた勇気の声が耳元でしたと同時に、僕はソファに押し倒されていた。

「……勇気」

「キス、してもいいかな」

問いかけてはきたが、彼の唇はすでに、僕の唇のすぐ上にあった。

「……うん……」

頷いた自分の心理はよくわからない。だが、いやではなかった。どちらかというと僕もしたいと願っていた。

勇気の唇は柔らかかった。触れるようなキスがやがて、熱のこもった激しいものになっていく。

実は僕はキスの経験がなかった。小説や漫画、それにゲームの世界で見るだけだったキスを自分が今していることが——そしてその相手が勇気ということが、なんだか信じられなかった。でも決していやではなかった。

成人しているので、映画もゲームもR18指定のものを観たことは当然——って、胸を張ることじゃないが——ある。見て興奮はしたが、どこか人ごとで、自分がコレをやるようになるとは想像できていなかった。

キスでこんなにドキドキするなんて。これ以上のことをしたらどうなってしまうのだろう。

ってこれ以上って！

自分の想像が恥ずかしくなり、身悶(みもだ)える。と、勇気がキスを中断し、僕を見下ろしてきた。

「……これ以上のこと、俺もしたい」

勇気は常に僕の心を読む。なので驚きはしなかったが、恥ずかしくはなった。

「俺も恥ずかしいんだぞ」

またも勇気に気持ちを読まれ、慰められる。

「どうしてわかるんだ？」

今、聞くことではないとわかっていたが、聞かずにはいられなくて問いかけると、勇気は少し考える素振りをしたあと、首を傾げた。

「よく見ていたからかな。俺の世界の中心はお前だったから」

「……もったいないよ……」

こんな僕が中心だなんて。勇気みたいに全方向に対して優れている人が。なんだか申し訳なくなってしまっていた僕は、不意に身体を起こした勇気に抱き上げられ、思わぬ高さに驚いたせいで彼にしがみついてしまった。

「わっ」

「逆だよ。俺がお前にはもったいない」

ふっと笑ってそう言うと勇気は、側にあるベッドへと僕を運び、そっとシーツの上に下ろした。

「性急すぎるか？　でも、我慢できないんだ」

心配そうに問いかけてきた彼は多分僕が『待って』と言えば待ってくれるんだろう。確かに性急すぎる気はする。僕は勇気のことがこういう意味で好きなのか、まだよくわかっていない。

でも――。

「うん、大丈夫」

勇気は勇気だ。彼と新しい関係を築いていくことに迷いはなかった。もし、やってみて違うと思ったら正直に言えばいい。しかし『違う』とは思わない予感がした。

頷いた僕に勇気は何かを言いかけた。が、すぐに微笑み頷くと、僕の服を脱がせ始めた。

こういうとき、どうしたらいいのかと僕は固まってしまっていた。自分で脱ぐと言えばいいのか。それとも任せていいのか。迷っているうちに全裸にされたが、一人、煌々（こうこう）と灯る明かりの下で裸体を晒（さら）しているのが恥ずかしく、僕は自身の服を脱ぎ始めた勇気に声をかけた。

「明かり、消そうよ」

「朝也を見ていたいんだけど、ダメかな？」

勇気が気弱そうな笑みを浮かべながら僕に許可を得ようとする。

「……うーん……」

自慢できるような身体はしていないから、と自身の身体を見下ろした僕は、今は細マッチョと言っていい体型だったと思い出した。前世では筋肉とは無縁の情けない身体だっただけに、思わず見惚れてしまう。

「綺麗だよ。今も。それに昔も」

勇気の声に誘われ彼を見る。彼もまた全裸になっていたが、見事な裸体に見惚れてしまった。前世の勇気もそれはいい身体をしていたが、『トリスタン』も同じように均整の取れた理想的な体型だった。

「かっこいいな……」

思わず心の声が漏れてしまった僕に勇気は照れたように笑うと、ゆっくりと覆い被さってきた。

キスをしながら胸を弄（まさぐ）られる。彼の指先に触れられた肌が一気に熱していくのがわかり、なんだかいたたまれない気持ちとなった。

乳首を掌で擦り上げられると、びく、と身体が震えた。それでつん、と立ち上がった乳首を摘（つま）まれると更にびく、と身体が震え、全身の血の巡りが一気に速まるような錯覚に陥った。

「や……っ」

きゅうと乳首をつねられると、自分でもびっくりするような甘い声が唇から漏れ、なんなんだ、と思わずいつしか閉じていた目を見開いてしまった。近すぎて焦点が合わない勇気の顔が嬉しげに笑っている様が視界に飛び込んできて、頬に血が上ってくるのがわかる。

「夢みたいだ」

キスを中断した勇気は呟くようにしてそう言うと、唇を僕の首筋から胸へと下ろしていった。僕もまた夢の中にいるような、意識がふわふわした状態だった。勇気の唇が僕の乳首へと辿り着く。

「あ……っ……や……っ……」

片方を指先で、もう片方を舐(ねぶ)られたり吸われたり、ときに歯を立てられたりするうちに、僕の意識は朦朧(もうろう)としてきてしまい、思考がままならなくなっていった。

甘えたようないやらしい声音が遠いところで響いている。まさかその声を自分が発しているとは、そのときは全く自覚がなかった。

両方の乳首に、これでもかというほどの愛撫(あいぶ)が続くうちに、僕の雄には熱がこもり、硬さを増してきたのがわかった。

僕は性的には淡白なほうで、自慰も滅多にしない。なので性的興奮には不慣れなのだが、今、自分がその真っ只中にあることはさすがにわかった。

いきそうだ。でも自分だけいっていいのか。いくなら一緒がいい、と、勇気に伝えたくて彼の髪を掴む。

「……うん……」

勇気はまたも正しく僕の心を読んでくれたらしく、嬉しそうに笑うと身体を起こし、僕にうつ伏せの体勢をとらせた。

「最初は見えないほうがいいかと思うんだ」

彼の言葉の意味はよくわからなかった。が、腰を上げさせられたあとにオイルのようなもので濡らした指をそっと後ろに挿入させてきたとき、ああ、そういうことかと遅まきながら察したのだった。

知識としては男同士の性交でどこを使うかは知っていた。でも自分が実践するとは想像していなかった。

考えただけでも痛そうだなと覚悟を決めたが、不思議とやめたいとは思わなかった。

「力を抜いたほうが負担が少ないと思う」

背後から僕に覆い被さるようにし、耳元で囁いた勇気の息が耳朶にかかり堪らない気持ちとなる。彼の手は前にも伸びていて、僕の萎えかけた雄をゆるゆると扱き始めた。

「ん……っ……」

後ろを弄られるのは不思議な感覚だった。気持ちがいいような悪いような、と思いながら身を任せていくうちに、勇気の指は一本から二本、やがて三本へと増えていった。

「や……っ……え……っ……」

三本の指で中をかき回されるうちに、また不思議な感覚が芽生えてきた。もどかしい、という表現がぴったりだと察したときには、自分が彼の動きに合わせ、腰を突き出していることに気づいて赤面した。

「……可愛い」

くす、と勇気が笑う声が耳元でし、また彼の息が耳朶にかかる。

「や……っ」

堪らない気持ちが増し、無意識の動作で肩越しに彼を振り返る。目が合うと勇気は、「いい？」と何かの許可を取ってきた。

「うん」

何、と確かめるより前に頷いたのは、予感があったからかもしれない。勇気が嬉しげに微笑み、一旦身体を起こす。彼の雄は既に勃ちきり、腹につきそうになっていた。立派な雄を前に、あれが僕の中に入ってくるのかと思うと、やはり見ていないほうがいいかもと思い、視線を元へと戻した。

「つらかったらすぐ、言っておくれね」

勇気がそう言い、僕の後ろに雄の先端をあてがう。

「……っ」

その瞬間、入り口があたかも待ち侘びていたかのようにひくついたのがわかり、またも不思議な気持ちとなった。心も、そして身体も勇気を受け入れようとしている。それがなんだか嬉しかった。

ずぶり、と勇気の雄が内壁を割り、ゆっくりと奥へと入ってくる。苦痛はまるでなかった。ただ違和感はある。

「大丈夫？」

上擦った声が耳元で響く。少し掠れたその声を聞き、堪らない気持ちが募ったせいでうまく言葉が出てこなくて、大丈夫と伝えるために僕は何度も頷いてみせた。

「よかった」

安堵した声がした直後、結合が少し深まる。勇気は僕の身体を労って、ゆっくりと腰を進めてくれていたが、その間に僕の『堪らない気持ち』はますます膨らんでいった。

やがて二人の下肢がぴたりと重なる。奥深いところまで満たしてくれる勇気の雄の感触に、なんだか胸がいっぱいになった。

「……夢みたいだ……」

ポツ、と呟く勇気の声が微かに震えている。まさか泣いているのかなと振り返ろうとした僕の耳に、遠慮深い彼の声が響いた。

「動いても……いいかな？」

「あ……うん」

『動く』とは？　理解できなかったが、勇気が僕に対して無茶をするはずがないとわかっていたので、わからないながらも受け入れた。

「少しでもつらかったら言ってな」

思いやりのある言葉をかけてくれながら、勇気がゆっくりと腰を突き出してくる。

『動く』とはこれか、と納得したが、勇気が案じたようなつらさは少しも覚えなかった。

つらいどころか、逞しい彼の雄が内壁を擦り上げ、擦り下ろすうちに、摩擦から生まれた熱が全身を巡り、今や吐く息さえ熱くなっていた。

「あ……っ……あぁ……っ……あ……っ」

堪えきれない喘ぎが、唇から漏れてしまう。自分が快感を覚えているということを今や僕ははっきり認識できていた。

僕の反応が勇気の興奮を煽るのか、律動のスピードと勢いが増す。二人の肌がぶつかるときに、パンパンと高い音が立つ程の激しい突き上げが、僕を快感の坩堝へと追いやっていく。

「もう……っ……あぁ……っ……もう……っ」

自分が何を叫んでいるのか、全くわかっていなかった。脳が沸騰するような熱を帯び、何も考えることができない。

勇気は僕を激しく突き上げながら前にも手を伸ばし、すっかり勃ち上がっていた僕の雄を摑み、扱き上げてくれた。

「アーッ」

張り詰めていたものが一気に放たれる。射精を受け後ろが激しく収縮したせいか、勇気もほぼ同時に達したらしく、ずしりとした精液の重さを中に感じた。

はあはあと息を乱していた僕を、勇気が後ろから抱き締める。

「……好きだ……」

「……うん……」

多分僕も。そうでなければ勇気の今の言葉に、泣きたいほどの嬉しさを感じるわけがないから。

伝えたかったけれど、なかなか息が整わなかったのと、少しの間、このままこうして勇気と身体を重ねていたくて、僕は己の身体を抱き締めてくれる勇気の手に自分の手を重ねると、この想いが伝われとばかりに、ぎゅっと握り締めたのだった。

翌日、トリスタンは事情を説明せよということで皇帝に呼ばれ、宮殿へと向かった。

その間に僕は父に、もう家に戻っても大丈夫と魔道具で連絡を入れた上で、オリヴィエはどうしているか気になり聞いてみた。

『すっかり反省し、本当に修道院に行くと言うのを必死に止めているよ』

「止めてやってください。多分、婚約は破棄されないです」

どこまで話していいのかがわからなかったため、詳しい話は帰ってから、と連絡を切ったというのに、すぐにオリヴィエから連絡が入った。

『どういうこと？　婚約破棄されないって。殿下はわたくしのことを怒っていないの？　マリアを殺そうとしたというのに？』

「姉上が家に戻ってから説明するって言ったんだけど」

『待てるはずないでしょうっ』

気の強さはそのままで、やれやれ、修道院に行くと反省しているのではなかったのかと呆れてしまう。とはいえ元気を取り戻してくれたのだったらよかった、と、安堵しているのも事実で、仕方ない、と僕は魔道具越しに、この程度なら言っても大丈夫だろうかと探りつつ、口を開いた。

「クリス殿下が、自分に非があったとお認めになったんだよ。姉上に申し訳なかったと言ってたよ」

『殿下は悪くないわ……わたくしがいけないのよ……』

喜ぶと思ったのに、オリヴィエは落ち込んでしまった。

「ともかく、クリス殿下からの連絡を待つといいよ。二人でじっくり話して誤解を解くといいと思う」

『そうね……最初からちゃんと話せばよかったのよね……』

オリヴィエがしみじみとした口調で呟く。マリアの暗殺を計画し実行するあたり、確かに彼女は『悪役令嬢』だが、その一言で片付けられるほど、人間は単純ではない。美点も欠点もある。彼女の美点は素直なところだよなと思いつつ、

「そういうことだから」

となんとか宥めて魔道具を切ったときには、疲れ果ててしまっていた。

そうこうしているうちに、トリスタンが宮殿から帰ってきて、諸々決まったことを教えてくれた。

「クリス殿下はすっかり復調して元気そうだった。マリアへの想いも残っていない。皇帝陛下からは叱責されたが、魅了の魔法にかかっていたのだから仕方がないと、特にお咎めもないそうだ。ちなみに婚約についても、オリヴィエ嬢やマラスコー公爵家の意向に合わせるということになったようだ」

「それはよかった」

きっとオリヴィエも喜ぶ。姉に甘い父は、彼女が望めば婚約を継続することだろう。

あと気になることといえば、とトリスタンに問いかける。

「マリアは？」

「宮殿敷地内の外れにある塔への幽閉が決まった。塔全体に魔法が使えないよう結界が張られているし、本人にも魔力封じの手枷と首輪が嵌められているので、もう魅了の魔法は使えないはずだ」

「父親の魔王の封印は？」

「封印は解けていないと確認が取れた」

「それはよかった」

安心した、と溜め息をついた僕の脳裏に、運命の女神フォルタナの言葉が蘇る。

『この先マリアが逃亡したり魔王が復活したりと、決して平坦な道ではありませんが、力を合わせて頑張ってください』

不吉でしかないこの予言、フォルタナの言葉だけに当たる確率はかなりのものではないかと思う。

先行きは不安ではあるが、この世界には勇気がいる。彼と二人、それこそ力を合わせればこの先どんな危機に対しても立ち向かえそうな気がするのだ。

だって信じているから、と勇気を見る。勇気は——トリスタンは、それは嬉しげに笑うと、俺もだよというように大きく頷いてくれたのだった。

あとがき

はじめまして&こんにちは。愁堂れなです。このたびは『悪役令嬢の双子の弟　なぜか攻略対象にモテモテです』をお手に取ってくださり、誠にありがとうございました。

大好きな異世界転生ものにまた挑戦させていただきました。ルチル様から四六版の本を出していただくのは『花嫁は真実の愛を夢見る』（イラスト：蓮川愛先生）以来となります。何よりイラストのサイズが大きくなるのが嬉しいですよね（興奮）!!

とても楽しみながら書かせていただいた本作が、皆様に少しでも気に入っていただけましたら、これほど嬉しいことはありません。

イラストのサマミヤアカザ先生、本当に素晴らしい！　萌え萌えの二人を、そして攻略対象たちをありがとうございました!!　サマミヤ先生とは前回、やはり異世界転生ものでご一緒させていただき、そのときにもラフをいただいた瞬間からときめきＭＡＸ！　状態でしたが、今回ももうもう!!　ＭＡＸの上ってあるんだなと実感しています。

主役二人は勿論、テオドールとサリエリもめっちゃツボです!!　今回も本当に沢山の幸せをありがとうございました！

また本作でも大変お世話になりました担当様をはじめ、発行に携わってくださいましたすべての皆様に、この場をお借りいたしまして心より御礼申し上げます。

最後に何より、この本をお手に取ってくださいました皆様に御礼申し上げます。

何度も書いている気がするんですが、私、異世界転生もの、大好きなんです。タテヨミ漫画の課金額が半端ないくらいに（笑）。横読み（とは言わないですね）でもたくさんお気に入りの作品があり、異世界転生、回帰、憑依、と日々楽しませていただいています。

大好きな世界を書かせていただけて幸せです。今回も本当に自分の『大好き』を詰め込んでみたのですが、いかがでしたでしょうか。お読みになられたご感想をお聞かせいただけると嬉しいです。どうぞよろしくお願い申し上げます。

次のルチル様でのお仕事は、文庫でちょっとイレギュラーな回帰ものを書かせていただく予定です。懐かしいキャラが出てくるかも？　そちらもよろしかったらどうぞお手に取ってみてくださいね。

また皆様にお目にかかれますことを、切にお祈りしてます。

令和六年三月吉日

愁堂れな

(http://www.r-shuhdoh.com/)

愁堂れな

12月20日生・射手座・B型
東京都出身・在住
2002年「罪なくちづけ」でデビュー。以降、代表作「罪シリーズ」「たくらみシリーズ」「unisonシリーズ」など著作多数。
公式サイト「シャインズ」　http://www.r-shuhdoh.com/

初出
悪役令嬢の双子の弟　なぜか攻略対象にモテモテです……書き下ろし

悪役令嬢の双子の弟　なぜか攻略対象にモテモテです

2024年3月31日　第1刷発行

著者　愁堂(しゅうどう)れな

発行人　石原正康

発行元　株式会社　幻冬舎コミックス
〒151-0051　東京都渋谷区千駄ヶ谷4-9-7
電話　03（5411）6431［編集］

発売元　株式会社　幻冬舎
〒151-0051　東京都渋谷区千駄ヶ谷4-9-7
電話　03（5411）6222［営業］
振替00120-8-767643

印刷・製本所　中央精版印刷株式会社

検印廃止

ISBN978-4-344-85397-3　C0093　Printed in Japan

幻冬舎コミックスホームページ　https://www.gentosha-comics.net